AMOR EM 12 PERGUNTAS

TOPAZ ADIZES

AMOR EM 12 PERGUNTAS

Um guia para conversas mais
íntimas e relacionamentos
mais profundos

Tradução: Roberta Clapp

Rio de Janeiro, 2024

Copyright © 2024 by Topaz Adizes
Título original: *12 questions for love*

Direitos de edição da obra em língua portuguesa no Brasil adquiridos pela Editora HR LTDA. Todos os direitos reservados. Nenhuma parte desta obra pode ser apropriada e estocada em sistema de banco de dados ou processo similar, em qualquer forma ou meio, seja eletrônico, de fotocópia, gravação etc., sem a permissão do detentor do copyright.
Direitos exclusivos de publicação em língua portuguesa cedidos pela Harlequin Enterprises II B.V./S.À.R.L para Editora HR LTDA.

A Harlequin é um selo da HarperCollins Brasil.
Contatos: Rua da Quitanda, 86, sala 601 A – Centro – 20091-005
Rio de Janeiro – RJ
Tel.: (21) 3175-1030
www.harlequin.com.br

Editora: Julia Barreto
Assistência editorial: Camila Gonçalves
Copidesque: IBP Serviços Editoriais
Revisão: Laila Guilherme e Julia Páteo
Projeto gráfico de capa: Amanda Pinho
Projeto gráfico de miolo e diagramação: Juliana Ida

Publisher: Samuel Coto
Editora-executiva: Alice Mello

CIP-BRASIL. CATALOGAÇÃO NA PUBLICAÇÃO SINDICATO NACIONAL DOS EDITORES DE LIVROS, RJ

A183a

    Adizes, Topaz
      Amor em 12 perguntas / Topaz Adizes; tradução Roberta Clapp. - 1. ed. - Rio de Janeiro : Harlequin, 2024.
      288 p. ; 21 cm.

      Tradução de: *12 questions for love*
      ISBN 9786559703784

      1. Amor. 2. Relações interpessoais – Aspectos psicológicos. I. Clapp, Roberta. II. Título.

24-88132   CDD: 152.41
                          CDU: 159.942.52:392.61

Gabriela Faray Ferreira Lopes - Bibliotecária - CRB-7/6643
02/02/2024   07/02/2024

Os pontos de vista desta obra são de responsabilidade de seu autor, não refletindo necessariamente a posição da HarperCollins Brasil, da HarperCollins Publishers, da Editora HR Ltda ou de sua equipe editorial.

Para minha mãe, Tria, que me ensinou a ter integridade.
Meu pai, Ichak, que me ensinou a ter paixão.
Minha madrasta, Nurit, que me ensinou sobre arte.
Minha esposa, Icari, que me ensinou sobre intimidade.
E meus filhos, Cosmos e Lylah Oceana, pelas lições que eu ainda vou aprender.

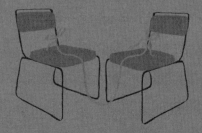

SUMÁRIO

Prefácio	Boas-vindas	Introdução
9	13	O INÍCIO DA JORNADA
		17

I: AS FERRAMENTAS

Pare de buscar respostas, elabore perguntas melhores	44
O que faz com que uma pergunta seja boa	54
Como criar um espaço seguro para ter conversas	67
Escuta profunda	76
Articulação emocional	85

II: AS 12 PERGUNTAS

Pergunta 1	96
Pergunta 2	106
Pergunta 3	116
Pergunta 4	127
Pergunta 5	142
Pergunta 6	157
Pergunta 7	169

Pergunta 8	182
Pergunta 9	194
Pergunta 10	204
Pergunta 11	217
Pergunta 12	231

III: ANTES DE COMEÇAR

Solução de conflitos: como recalcular a rota	242
Conclusões e outros ensinamentos	259
Agradecimentos	274
Perguntas alternativas	278
Referências	283

PREFÁCIO

Em uma noite de verão de 2018, minha irmã, minha tia e eu nos sentamos na mesa de uma lanchonete vazia, as duas mulheres instaladas de frente para seus respectivos maridos. Cada um de nós pediu itens de café da manhã dos cardápios esfarrapados que a garçonete deslizou sobre a mesa. Estávamos voltando de uma noite dançante, prontos para saciar nossa larica pós-meia-noite, quando minha irmã Jeanne pegou o telefone e disse: "Vamos jogar um jogo de perguntas!". Ela é famosa por nos convidar a participar de jogos que nos levam a um diálogo nada casual em momentos constrangedores e muitas vezes inapropriados, mas estávamos todos cansados demais para resistir. Após três perguntas intensas, me ocorreu que eu já havia jogado aquilo antes. "Qual é o nome deste jogo?", questionei entre uma pergunta e outra. "Acho que se chama {THE AND}", respondeu ela antes de passar para a próxima questão.

Conheci Topaz no final de 2017, quando ambos fomos indicados para fazer parte de um grupo de pesquisas sobre impacto social na Nova Zelândia. Logo nos tornamos almas gêmeas, dois empreendedores inexperientes unidos pelo desejo de ajudar a humanidade a alcançar uma intimidade mais autêntica por meio do processo de investigação. Por mais de uma década, meu foco tem sido a autoinvestigação como meio de acessar o que chamo de amor-próprio radical, ou seja, nosso senso inerente de dignidade, valor e divindade. Topaz nos conduzia a uma intimidade interpessoal mais profunda por meio de sua plataforma de mídia digital, The Skin Deep, e de um conjunto exclusivo de perguntas chamado {THE AND}. Nós dois entendíamos que a chave para um mundo de prosperidade pessoal e social era nos aproximarmos de nós mesmos e uns dos outros. Grande parte do mal-estar e da infelicidade vividos no mundo é resultado de uma profunda desconexão. Tememos conhecer e ser conhecidos e, portanto, não perguntamos aquilo que destruiria nossas ilusões pessoais e sociais. Evitamos as perguntas difíceis que remexem histórias traumáticas, porque a cura é assustadora. Evitamos tudo o que é capaz de desenterrar os alicerces já partidos de muitos de nossos relacionamentos, porque acreditamos que isso nos levará ao isolamento e à falta de amor. Toda essa evasão e evitação apenas nos rouba as possibilidades fecundas para além do *status quo* de nossa existência. Ludibriamos a magia inevitável de uma conexão verdadeira, optando, em vez disso, por um fac-símile de relacionamento, uma fachada de intimidade. Adoro o fato de que Topaz sempre soube que algo maior se revelaria em cada um de nós se pudéssemos começar a fazer perguntas reais e a dizer a verdade um ao outro. Eu sabia que algo maior seria possível se começássemos a dizer a verdade para nós mesmos. *Amor em 12 perguntas* é um presente ofertado por Topaz Adizes, um facilitador habilidoso que nos mantém firmes para que nossas verdades emerjam uma após a outra. Não merecemos uma orientação tão terna como essa ao exercitarmos juntos nossa coragem, que cresce cada vez mais? Acredito que sim, sem dúvida.

Não me lembro do que comi na lanchonete naquela noite, mas me lembro de ter dito à minha irmã o que admirava nela e de ouvir meu tio contar à minha tia qual era, para ele, o maior presente que o relacionamento dos dois lhe havia proporcionado. Lembro-me de me sentir conectada a cada um deles de uma forma mais honesta do que antes de chegarmos ao restaurante. Uma série de perguntas que a emocionada da minha irmã tirou do celular abriu espaço para um amor mais profundo entre nós. A expansão desse espaço em nosso mundo é a razão pela qual este livro é tão necessário. Que essas perguntas abram você e seu ente querido. Que você nunca mais se feche.

SONYA RENEE TAYLOR, ativista e autora do best-seller do *New York Times The Body Is Not an Apology: The Power of Radical Self-Love*

BOAS-VINDAS

Você já se viu na presença de alguém que ama muito e não conseguiu dizer nada? Quando o silêncio não é indicativo do quanto você se importava com o outro nem de seu desejo de se conectar, e mesmo assim não há palavras imagináveis para articular a profundidade ou a qualidade de sua conexão com essa pessoa. Ou já se viu seguindo um mesmo padrão ao conversar com alguém que ama? Como se estivesse trilhando o mesmo caminho todas as vezes e isso fosse simplesmente exaustivo? Pior ainda, como se estivesse deteriorando a conexão entre vocês.

Você já se viu tão apaixonado a ponto de querer forjar uma conexão ainda mais profunda, mas não conseguiu encontrar as ferramentas ou as experiências necessárias para construir a próxima versão, uma ainda melhor, daquilo que você sente ser possível?

Você já experimentou o desejo de se conectar em um nível mais profundo, mas tem medo de que se tornar mais vulnerável afaste o outro? Acha que, ao se dedicar às partes mais sinceras de um relacionamento, você corre o risco de perder tudo?

Você já questionou o valor dos relacionamentos íntimos? Ou o que intimidade realmente significa? O que é a intimidade em sua essência? Como ela afeta a vida de alguém? Como ela é construída? Como é mantida? E, num nível mais rudimentar, qual é a recompensa?

Minha primeira resposta para você é: bem-vindo.

Não é por acaso que você está lendo estas palavras. Seja como for que tenha chegado a este livro, havia algo em você que desejava encontrar uma nova maneira de experimentar o amor, a conexão e a intimidade. Espero que esteja pronto para mergulhar fundo e abrir-se ao poder transformador de relacionamentos mais profundos, porque você está no lugar certo.

•••

Nos últimos dez anos, por meio do projeto vencedor do Emmy {THE AND}, venho estudando e observando humanos de todos os tipos, e em todos os tipos de relacionamento, enquanto eles apenas conversam. Contudo, há mais do que isso. Criei o espaço para que ocorram conversas poderosas e catárticas. Elaborei as perguntas que despertam essas experiências nos participantes. Treinei outras pessoas para que pudessem manter esse espaço, escrever as perguntas e, por fim, criar momentos poderosos como esses para que pessoas de todos os espectros sociais, econômicos, culturais e de gênero se conectem de maneiras novas e profundas.

Passei milhares de horas assistindo às gravações de vídeo das pessoas durante essas trocas. E aprendi muito. Aprendi sobre a condição humana e seu desejo por conexões verdadeiras e reais com outros seres humanos. Aprendi que todos ansiamos por essa conexão, quer saibamos disso ou não. Aprendi como o poder das perguntas é capaz de mudar toda a nossa perspectiva e, portanto, como vivenciamos a vida. Aprendi como temos o desafio cultural de sermos vulneráveis uns com os outros e passei a compreender a recompensa quando o fazemos. Aprendi como é ouvir, ouvir de verdade. Aprendi que o coração foi feito para amar e, ainda assim, precisa atravessar terrenos acidentados para encontrar outro coração amoroso. E aprendi que cada relacionamento tem seu próprio e único espaço intermediário, que, se acessado, pode fornecer nutrientes ricos para alimentar o crescimento de uma relação e elevá-la a níveis mais profundos, lembrando-nos da beleza e do significado de estar vivo.

Todas essas lições me mudaram. Por meio delas aprendi a respeito da jornada de minha própria vida, que me trouxe a este ponto.

Vou compartilhar tudo o que absorvi ao testemunhar mais de mil conversas, bem como as lições de minhas próprias experiências em primeira mão. Você terá as ferramentas necessárias para aprofundar as conexões com as pessoas que considera mais importantes. Como a terapeuta de casais e autora de best-sellers Esther Perel disse, "A qualidade de nossos relacionamentos determina a qualidade de nossa vida".

No entanto, o que determina a qualidade de nossos relacionamentos? Eu diria que são as conversas que partilhamos com nossos parceiros — a profundidade e a conexão que cultivamos e descobrimos quando falamos com nossos entes queridos num espaço partilhado. Então, o que determina a qualidade dessas conversas? O que lhes permite oferecer-nos um espaço de análise, descoberta e vínculo?

A qualidade das perguntas que as originam.

•••

Vou oferecer 12 perguntas significativas e elaboradas de maneira poderosa e as ferramentas aptas a criar o espaço para respondê-las, promovendo assim uma maior conexão em seu relacionamento.

Então, obrigado. Estou grato por você estar aqui.

E, agora, convido você a explorar o espaço intermediário.

INTRODUÇÃO:
O INÍCIO DA JORNADA

Passamos a maior parte de nossas vidas em busca de respostas. Na sociedade ocidental, é isso que somos ensinados a fazer. No mundo em que vivemos, aqueles que produzem resultados são recompensados. Nossa definição de grandeza está inabalavelmente ligada à realização, e não à investigação. Mas o que aconteceria se primeiro dedicássemos tempo a questionar o que nós — como sociedade ou indivíduos — de fato queremos realizar? Pense na diferença que faria se, em vez de se perguntarem "Como posso ganhar mais dinheiro para deixar um legado para minha família?", mais pessoas se perguntassem: "Como posso criar um mundo melhor para meus netos viverem?". As respostas que poderiam surgir a partir dessa segunda pergunta poderiam colocar toda a nossa espécie numa trajetória diferente — e, eu diria, muito mais sustentável. Como seria o mundo se mudássemos o foco para as perguntas que nos fazemos primeiro e em seguida deixássemos florescer as respostas a essas questões mais ponderadas?

Vi como as perguntas que fazemos são muito mais importantes do que as respostas que procuramos. Afinal, toda resposta é moldada pela pergunta da qual surge. Portanto, fazer perguntas perspicazes só pode nos levar a respostas melhores e mais úteis. Será que repensar as perguntas pode curar questões sociais, proteger o meio ambiente, resolver a polarização política e até salvar o mundo? Acredito que sim, sem dúvida. No entanto, elaborar perguntas mais desejáveis para nos fazermos como sociedade não é algo em que tenho experiência. Pelo menos ainda não. Minha especialidade consiste em fazer perguntas poderosas para criar conexões mais profundas, redescobrir a investigação, reforçar o senso de humanidade, revigorar relacionamentos em deterioração e, ouso dizer, ajudar a curar o sofrimento. Portanto, embora eu talvez não tenha certeza se mudar nosso foco para perguntas em vez de respostas vai salvar o mundo, o que sei, sem sombra de dúvida, com base em anos de experiência, é que fazer perguntas melhores pode nos levar a uma compreensão mais profunda da intimidade e criar um caminho novo e mais vital a ser percorrido.

●●●

Minha própria jornada pela vida foi definida por uma busca por intimidade. E essa busca começou cerca de quatro décadas atrás, com uma pergunta. Eu tinha 4 anos e brincava com meu irmão mais novo. Estávamos na casa de meu pai, e minha mãe estava indo nos buscar para algum jantar festivo. Na época, meu irmão e eu já estávamos acostumados com o impacto do divórcio dos nossos pais nas nossas vidas. Muitas vezes éramos transportados de um lado para o outro entre as casas, com visitas a terapeutas designados pelo tribunal enquanto o juiz avaliava o melhor cronograma de custódia para nós dois. Não preciso dizer que foi um divórcio complicado.

Meu pai entrou no quarto onde estávamos brincando parecendo angustiado. Ele disse que nossa mãe chegaria em breve para nos buscar, mas que ele queria passar o feriado conosco e não sabia o que fazer. Querendo ajudar, sugeri que ele redigisse um contrato, estipulando que, se ela ficasse conosco naquele feriado, ele nos buscaria no seguinte.

"Boa ideia", respondeu meu pai. "E o que exatamente o contrato deveria dizer?"

Agora, por que meu pai mencionaria aquilo aos filhos ou colocaria sobre mim a responsabilidade de redigir aquele contrato? Vai saber. Mas, independentemente disso, eu, um menino de 4 anos, comecei a ditar mais ou menos o que o "contrato" diria. Logo depois, ouvi o barulho do cascalho quando o grande Oldsmobile amarelo de minha mãe — uma relíquia clássica do início dos anos 1980 — parou na garagem.

Lembro-me vividamente de como as luzes do carro pairavam na névoa pesada. Quando ela desceu do veículo, o caos emocional se instalou. Lembro-me de meu pai estendendo o contrato que eu havia lhe ditado para minha mãe assinar. Minha mãe negou-se categoricamente enquanto pegava no colo meu irmão de 3 anos e o colocava na cadeirinha dentro do carro enquanto ele chorava de soluçar. Quando minha mãe se virou para me pegar, meu pai tirou meu irmão da cadeirinha e colocou-o na porta de casa. Não sei quantas vezes fomos enfiados e depois arrancados do carro por nossos pais. Lembro-me da sensação de lágrimas quentes escorrendo por meu rosto enquanto implorava à minha mãe que assinasse o contrato, não necessariamente porque me importava com o local em que estaríamos em cada feriado, mas apenas para acabar com aquela briga infernal e dolorosa.

Minha mãe finalmente conseguiu colocar meu irmão e eu no carro e ir embora. Durante todo o episódio, ela não derramou uma lágrima. Incondicionalmente feroz, mas nem um pouco vulnerável emocionalmente. Ela era muito forte.

E então aconteceu. Chegamos a um sinal vermelho e estávamos esperando que abrisse. Os soluços de meu irmão se transformaram em choramingos. As lágrimas quentes secaram em meu rosto. Mas, enquanto aguardava naquele semáforo, ouvi minha mãe começar a chorar baixinho. E foi naquele momento que a primeira grande questão que me lembro de ter enfrentado surgiu em minha mente.

Mesmo naquela idade, algo na demora de minha mãe para se emocionar, algo relacionado a toda aquela situação maluca, desde o momento em que meu pai me pediu para bancar o mediador, pareceu profunda e totalmente estranho. Havia algo errado no relacionamento deles. Faltava alguma coisa. Jamais me esquecerei de estar lá sentado no carro e me perguntar: "O que é? O que há de errado aqui?". Eu não tinha como saber na época, mas aquele momento marcou o início de minha busca para compreender a intimidade.

Encontrando minha ponte

Olhando para trás agora, fica claro que o que faltava entre meus pais era intimidade verdadeira — a confiança que dela nasce, a disposição de ser vulnerável que ela proporciona, a conexão poderosa que ela facilita. Mas eu não sabia disso aos 4 anos. Como nunca tive um exemplo, nem sabia como era a intimidade verdadeira. Minha experiência era de que conflitos entre parceiros sempre terminavam em situações terríveis como aquela em que meu irmão e eu nos encontramos naquela noite nublada. O exemplo dos meus pais me ensinou que encarar o conflito com um parceiro era algo tão assustador e indesejável que seria mais seguro ter um filho ditando um contrato formal para ambas as partes assinarem do que ter uma conversa honesta e vulnerável para buscar soluções.

Quando comecei a namorar e a tentar criar meus próprios relacionamentos íntimos, descobri que meus pais haviam involuntariamente me passado sua aversão a enfrentar conflitos. Ao primeiro sinal de problema em um relacionamento amoroso, eu me protegia do caos emocional que tinha certeza de que nos aguardava, perguntando-me: "Como isso vai acabar?". Eu só tinha visto conflitos se transformarem em gritos, dor e impasses através dos quais nada de positivo fluía. Portanto, para mim, se houvesse algum conflito, não havia dúvidas acerca do que aconteceria no final; ele viria e não seria nada bom. Sabendo o que sei agora, consigo enxergar que a pergunta "Como isso vai acabar?" não tinha muitas respostas positivas nem construtivas.

Porém, graças à minha compreensão limitada na época sobre como criar conexões íntimas e como elaborar questões úteis, assim que surgia algum conflito eu me fazia essa pergunta e obtinha a única resposta que minha experiência anterior permitia: "Vai acabar mal". Então eu terminava o relacionamento. Ao primeiro sinal de conflito, eu ia embora. Era assim que eu me protegia de mais dores emocionais.

Não é de admirar que eu tenha repetido esse padrão inúmeras vezes. Como veremos neste livro, aceitar que o conflito emocional existe pode ser uma das maneiras mais frutíferas de aprender. Fazer amizade com nossos conflitos e lhes perguntar o que eles têm a nos oferecer é como quebramos padrões inúteis e avançamos para uma compreensão maior e mais profunda de nosso mundo, de nós mesmos e de nossos relacionamentos. Mas eu ainda não tinha percebido isso. Por não ter tido um modelo de intimidade na infância e por ter fugido de qualquer indício disso ao longo de vinte anos, faltava-me o tipo de conexão intrapessoal que acabaria me fornecendo essa valiosa lição. Mas, olhando para trás, posso ver que a pergunta "Como isso vai acabar?" foi outro sinal importante em minha jornada para entender como promover conexões profundas. Às vezes você tem que aprender o que não fazer para encontrar seu caminho.

À medida que fui envelhecendo, a ausência de intimidade em minha vida passou a pesar muito. Eu não estava de fato consciente de que era a intimidade, especificamente, que faltava em minha vida, mas sentia uma atração poderosa em direção à busca de *algo* que preenchesse o vazio em mim com algo que eu não conseguia nomear, mas sabia que me faltava. Quando me formei na faculdade, olhei para minha vida e percebi, apesar do vazio sem nome, que tinha muita sorte. Meus pais eram saudáveis. Eu não tinha dívidas estudantis. O trabalho de meu pai me oferecia segurança financeira, pois eu sempre poderia trabalhar para ele. Em muitos aspectos, eu era tão livre quanto um jovem poderia ser. E, como todos os meus amigos iriam trabalhar em grandes empresas de consultoria, o que parecia ser a opção certa na época, perguntei-me: "Como posso gastar minha liberdade (a moeda de troca mais valiosa que existe) para servir à minha comunidade?". Nenhuma resposta surgiu de imediato. Mas eu não precisava de uma; simplesmente permiti que essa pergunta me guiasse.

Com essa importante indagação gravada em minha mente e em meu coração, fiz um balanço do que sabia sobre mim mesmo: sabia que não queria desperdiçar minha vida, sabia que estava em busca de algo importante (mesmo que não soubesse o que era) e que havia algo na magia por trás de uma câmera de vídeo que me entusiasmava, que gerava uma resposta emocional em meu coração que me convocava a seguir. De alguma maneira, sentia intuitivamente que a câmera era a ferramenta de que precisava para encontrar o que procurava. E assim, armado com pouco mais que essa meia dúzia de "conhecimentos" e uma câmera de vídeo, em dezembro de 1999 caí no mundo com uma passagem só de ida para a Austrália. Não tinha certeza do que queria filmar exatamente, mas algo sobre trocas sinceras e honestas entre as pessoas me atraía. Visitei da Austrália à Suécia, passando pela Índia, conversando com pessoas de diferentes origens e filmando essas conversas. E foi durante esse período, que a princípio parecia uma perambulação, que percebi algo importante.

A câmera de vídeo que eu carregava funcionava como uma ponte para o mundo de outras pessoas. Era como uma chave que destrancava as portas que elas colocavam em torno de suas vidas privadas. Se você aparecer com uma câmera para filmar um documentário, as pessoas compartilharão com você coisas que normalmente não compartilhariam. De repente, eu estava testemunhando todo tipo de conexões íntimas entre pessoas que acabara de conhecer e às quais não teria acesso de outra forma. Fiquei fascinado. Filmar conversas como aquelas era tão cativante que comecei a perceber que era isto que eu procurava: intimidade e conexão. Do meu ponto de vista privilegiado atrás das câmeras, vi pessoas construindo belíssimos laços com apenas uma palavra. Vi casais presentearem um ao outro com versos eloquentes de poesias sobre o amor por meio de um único e silencioso olhar. Vi alguns seres humanos de fato se comunicarem, relacionando-se verdadeiramente uns com os outros, prestando total atenção a suas trocas. E observei como outros ignoravam completamente as necessidades de seus semelhantes ou parceiros românticos, falando por horas sem ouvir nada do que o outro dizia.

Ao me tornar cineasta, encontrei o que procurava e, ao encontrar, percebi que se tratava de algo ainda mais precioso do que jamais poderia imaginar. À medida que fui ficando hipnotizado pelo comportamento e pelo vínculo humano, comecei a perceber que, em nosso mundo modernizado, corríamos o risco de nos tornarmos cada vez menos conscientes disso, se não de perdermos por completo. Ao longo de anos aprimorando meu trabalho como cineasta, senti que esse era o assunto ao qual queria dedicar essas habilidades. Tinha encontrado a resposta para minha pergunta.

"Como posso aproveitar ao máximo meu privilégio e minha oportunidade de servir a comunidade, seja ela grande ou pequena?"

Eu precisava documentar o vínculo invisível que se forma entre os seres humanos a que chamamos de intimidade.

"Mas como?"

Deixar que as perguntas me conduzissem pelo caminho da vida me trouxe até aqui. Eu não iria parar de segui-las aonde quer que elas me levassem. Permiti que minha mente se enchesse de perguntas sobre a melhor maneira de colocar em foco as conexões íntimas, tanto para curar minhas próprias feridas como uma forma de oferecer ao mundo algo de valor.

Iluminando o espaço intermediário

Pare um momento e pergunte-se: "O que é intimidade?". Como você a experimenta? É possível comparar a intimidade em diferentes relacionamentos? Ela muda de acordo com diferentes pessoas? E o que dizer de diferentes culturas, línguas e comunidades? O que é intimidade, de fato?

Essas questões parecem difíceis de responder de forma definitiva, embora existam muitas teorias. Mas uma coisa é certa: é impossível aprender muito sobre intimidade estando em um vácuo.

Se você nunca teve um relacionamento próximo com outra pessoa e, em especial, se nunca examinou uma relação com atenção, pode ser difícil avaliar a intimidade. A chave parece ser a força da conexão estabelecida e a disposição de se abrir para qualquer interação. O resultado, em minha opinião, é que em um momento de intimidade o senso de humanidade, ou o que nos conecta a todos, é intensificado. Pense naquele momento em que você olhou nos olhos de quem ama e sentiu algo tão profundo que não conseguiu expressar em palavras. Ou aquela vez que teve uma conversa épica com um desconhecido que estava passando e soube que a vida pode ser incrivelmente bela e aleatória.

A intimidade é uma força invisível, e, pessoalmente, essa força me dá uma noção maior do que significa ser humano. Quando viajo de cidade em cidade dando palestras, sempre levo comigo um par de ímãs. Durante minha apresentação, utilizo-me deles para ilustrar o poder inquestionável e a natureza ilusória do espaço intermediário. Quando você segura dois ímãs próximos um do outro, pode sentir uma energia entre eles. Ela está lá, inegavelmente; você pode sentir o empurrão ou o puxão, mas não consegue ver. Assim como existe uma força entre os ímãs, também existe uma força entre você e todas as outras pessoas. A conexão que se forma entre nós e a que chamamos de intimidade não é diferente. Ela existe no espaço intermediário. Então imagine se fosse possível borrifar talco de bebê entre esses dois ímãs e ver os raios de conexões se estendendo entre eles. Era isso que eu queria fazer: colocar em foco essa conexão energética, tornando visível o que é sentido — em essência, iluminando o espaço intermediário.

Para conseguir isso, decidi usar a ferramenta que me servira tão bem até então em minha jornada — a câmera de vídeo — para filmar uma conversa simples e ver se esse espaço intermediário se revelaria. Em cada sessão, dois participantes se sentariam frente a frente e fariam perguntas adaptadas ao relacionamento deles. Eu pediria que cada um fizesse cerca de uma dúzia dessas perguntas em uma ordem predefinida para criar um espaço de conexão e permitir que uma conversa catártica florescesse. Os participantes seriam apresentados a perguntas desconhecidas para ambos (a primeira vez que leriam as perguntas em voz alta seria a primeira vez que as veriam) e poderiam embarcar em uma conversa que, de outra forma, não teriam. Filmaríamos essas sessões com três câmeras — um plano geral e dois close-ups, respectivamente. Assim, o público veria os rostos dos participantes de frente, lado a lado, já que dividíamos a tela em dois painéis, mostrando cada close-up simultaneamente. Dessa maneira, como espectador, você não apenas ouve as palavras que os participantes estão usando, mas também vê uma conexão sensorial entre eles no momento em que reagem uns aos outros. É dessa forma que revelamos o espaço intermediário.

Demos o título de {THE AND} a esse projeto porque um relacionamento não é você *ou* eu, nós *ou* eles. Somos você *e* eu, nós *e* eles. É "the and", "o *e*" que nos conecta. O "e" é a conjunção entre mim e você que cria o *nós*. É o "e" que é o espaço intermediário. Ao focar nossa atenção e nossas câmeras naquele espaço, conseguimos capturar como a intimidade é bem mais clara do que eu jamais havia imaginado. Ao mostrar os dois rostos simultaneamente, percebem-se os fios que unem os dois participantes. O painel duplo (e às vezes o formato tríptico quando mostramos também o plano geral) ilumina o espaço intermediário, transmitindo a conexão subjacente às palavras. Essa é uma experiência única, se você pensar bem. Com que frequência você pode ver um close dos rostos de ambas as pessoas enquanto elas exploram o terreno emocional e navegam por ele? Geralmente, ou você está vendo os perfis de outro casal tendo uma conversa íntima ou você mesmo participa da conversa, vendo apenas o rosto da outra pessoa. Como espectador de {THE AND}, você consegue ver as duas pessoas ao mesmo tempo. Essa não é uma experiência humana normal ou cotidiana e, dessa forma, revela uma perspectiva única que dificilmente poderíamos experimentar em outros lugares.

•••

Este se tornou o formato de nosso projeto documental {THE AND}, que ganhou o Emmy Award por Novas Abordagens para

Documentários em 2015, além de vários outros prêmios. Ele se espalhou como um incêndio pela internet, obtendo centenas de milhões de visualizações, e celebridades como Robert De Niro e Anne Hathaway chegaram a participar. O projeto contou com quase 1.200 casais de todos os espectros de raça, gênero, cultura, orientação sexual e idade, de onze países — e o número só cresce. Além do amplo escopo de relacionamentos abrangidos, tivemos alguns participantes que retornaram inúmeras vezes para conversas subsequentes nos últimos dez anos. Assim, {THE AND} tem não apenas uma ampla gama de participantes, mas também profundidade, já que você pode ver as mudanças em um relacionamento ao longo do tempo. Basicamente, estávamos e ainda estamos construindo um arquivo de relações humanas para o nosso tempo: uma biblioteca de humanidade abrigada nas experiências emocionais compartilhadas por meio da conversa.

Durante algumas conversas que filmamos, presenciei momentos incríveis de intimidade e conexão, daqueles que jamais esquecerei enquanto estiver vivo. E, embora às vezes parecesse não haver nada acontecendo na sala, quando assistíamos novamente à conversa com os rostos dos participantes lado a lado, de repente podíamos ver alguma troca de valor. As palavras e a energia podiam parecer meio murchas pessoalmente, mas o formato em painel duplo revelou algo mais sob a superfície. Mesmo que um participante deixasse de responder totalmente a uma pergunta, as reações no rosto do outro falavam muito sobre o relacionamento. E isso se mostrou incrivelmente intrigante para mim e para nossa crescente audiência. {THE AND} estava dando certo; estava iluminando aquele espaço indescritível, mas vital, entre dois seres humanos interconectados.

Lá no começo, jamais poderíamos dizer o que estava por vir. Passaríamos de doze a catorze horas por dia ouvindo oito ou nove duplas. Cada uma por uma hora ou mais. Nós as deixaríamos seguir pelo tempo que quisessem ou precisassem. Lembro-me de ter tido uma experiência extracorpórea uma vez, durante uma filmagem em Amsterdã. Lá estava eu, em um grande armazém, com quatro luzes iluminando essas duas pessoas sentadas uma de frente para a outra e três câmeras gravando todas as suas trocas. E, de fora, eu pensei: "Isso é realmente estranho e incrível!". É como estudar o ser humano sendo... humano? Nossa equipe gosta de dizer que somos mesmo bons em permitir que humanos sejam exatamente isso: humanos. Acredito que a biblioteca de conversas que construímos até agora seja uma prova disso. Cada conversa é uma revelação surpreendente. Algumas são incríveis e outras, mais ou menos. De qualquer forma, sabíamos que havia algo a aprender com cada conversa e que poderíamos capturar essa lição com nosso formato de painel duplo.

Comecei a me perguntar o que estava acontecendo ali. Por que aquilo funcionava? E o que minha equipe e eu poderíamos fazer para melhorar a experiência? Qual era a diferença entre as trocas profundamente conectadas e aquelas que nunca chegaram a um nível de profundidade emocional?

E então formulei a seguinte pergunta para mim mesmo: "O que acontece nessas conversas para que momentos sagrados surjam constantemente a ponto de criar um espaço confiável para a intimidade verdadeira?".

Como sempre, nenhuma resposta saiu das nuvens como um raio para me atingir com um insight instantâneo. Mas simplesmente guardei essa pergunta em minha mente enquanto continuava filmando as conversas para {THE AND}.

Encontrando a resposta em uma pergunta

E então aconteceu. Encontrei minha resposta. Estava filmando uma conversa entre Rafa, um homem alto e de olhos castanhos sempre atentos, e Douglas, de comportamento calmo e gentil, ambos na casa dos 40 anos e casados havia quatro. Em resposta a uma pergunta realizada anteriormente, tinha ouvido Douglas mencionar a mãe. Percebi algo em sua voz que parecia sugerir uma camada emocional confusa, talvez dolorosa. Achei que talvez, se eu escrevesse uma pergunta para Douglas pedindo a Rafa que refletisse sobre o relacionamento de Douglas com sua mãe, isso poderia criar um espaço de conexão no qual a perspectiva de Rafa poderia ajudar Douglas a encontrar a cura.

Observei Douglas pegar o cartão onde eu havia escrito a pergunta, e imediatamente seus olhos começaram a lacrimejar. Antes mesmo de Douglas falar, Rafa estendeu a mão e enxugou as lágrimas do marido. Douglas leu a pergunta em voz alta: "Que mudança eu poderia fazer em mim para melhorar meu relacionamento com minha mãe?".

Rafa imediatamente olhou para o teto. Eu podia vê-lo sentado ali, sofrendo com a dor de seu parceiro. A fonte dessa dor pode ter sido o relacionamento de Douglas com a mãe, mas, por causa da força da ligação entre eles, essa dor também era de Rafa. Começou a emergir dele. De repente, os dois homens estavam sentados ali em um momento de silêncio, cada par de olhos vermelhos e lacrimejantes um espelho perfeito do de seu parceiro. Nada foi dito, mas eu pude ver o brilho cru e a honestidade da intimidade dos dois em sua intensidade máxima.

Depois de deixar que os dois fossem tomados por aquele momento, Douglas quebrou o silêncio, fazendo graça: "Eles nem estão cobrando por esta sessão de terapia". O casal caiu na gargalhada, com lágrimas ainda frescas no rosto.

Esse era exatamente o tipo de momento que eu esperava que todos os participantes do {THE AND} vivenciassem. E como ele se originou? A partir de uma pergunta. E não qualquer pergunta. Eu havia refletido cuidadosamente antes de escrevê-la para Douglas. A indagação não permitia uma resposta binária, "sim" ou "não". Conduzia a um resultado construtivo, carregando em suas palavras o potencial para mudar ativamente as coisas para melhor. Quando a risada de Rafa cessou e ele por fim respondeu, sua resposta foi uma que só ele poderia ter oferecido a Douglas. Ele não estava simplesmente dando sua opinião como Rafa, o indivíduo; estava falando da versão de si mesmo que está inextricavelmente ligada ao parceiro. Estava falando daquele espaço intermediário — o que chamo de "o *e*", "the and".

●●●

Refletindo sobre aquele momento, percebi pela primeira vez o verdadeiro poder que cada pergunta que fazemos carrega dentro de si. Vi como elaborar uma pergunta de certa maneira permitia que esse poder surgisse, criando uma ponte a qual duas pessoas que compartilham vulnerabilidades poderiam atravessar para chegar a um momento lindo e íntimo. E foi assim que o {THE AND} realmente começou a funcionar.

Com o tempo, minha equipe e eu nos tornamos especialistas em fazer esse tipo de pergunta poderosa. Aprendemos como posicionar as questões em determinada sequência para que fossem oportunas: partindo de uma base sólida de confiança e abertura, estabelecida por perguntas anteriores, para que a conversa pudesse resultar, verdadeiramente, em uma conexão mais profunda e iluminar o espaço entre dois participantes. Em meus anos facilitando conversas desse tipo, não posso dizer que vi tudo, mas vi muito. Vi padrões. Tenho notado como nossa aversão à vulnerabilidade e à dor é agravada por uma sociedade que tem seus próprios estigmas sobre o que é aceitável e o que não é. Vi que o impulso natural que o coração tem de amar consegue superar esse labirinto de regras e medos repetidas vezes, em um esforço para encontrar outro coração ansioso e se conectar com ele, para sentir por um momento, ou por toda a vida, que não está sozinho.

Vi como pode ser desafiador colocar emoções em palavras, articular e transmitir a profundidade dos sentimentos a outra pessoa. Vi o poder que surge quando essa articulação emocional é feita com sucesso.

Também vi como todo relacionamento tem uma história da qual se manifestam verdades convincentes, profundas e intensas. Meus pais, por exemplo. Depois de anos estudando relacionamentos com as filmagens de {THE AND}, consigo ver que, apesar do relacionamento disfuncional, meus pais eram contrapontos perfeitos um para o outro. De meu ponto de vista, o maior medo de meu pai era ser amado direta e intimamente por alguém. Quanto à minha mãe, seu maior medo era amar diretamente, ou expressar intimamente o amor a alguém. De certa forma, cada um deles encontrou o parceiro perfeito, na medida em que seus maiores medos eram complementares e ambíguos em peso e risco. O passo seguinte para o crescimento emocional de cada um era assustador para ambos. E, no entanto, a oportunidade para enfrentarem seus medos por meio do outro foi proporcionada por sua união. Intimidade era algo igualmente arriscado e desafiador para eles.

Embora eles não tenham dado esse salto mútuo no sentido de desenvolver uma intimidade profunda, não posso deixar de me maravilhar com o belo contorno que vejo no relacionamento deles. Aceitar a intimidade e assumir a vulnerabilidade só poderia ter sido possível mediante o compromisso com o outro. É do relacionamento deles que retiro a crença de que encontramos parceiros que nos oferecem oportunidades únicas de crescer e evoluir como seres humanos. Essas oportunidades são igualmente assustadoras e desafiadoras para ambas as partes. Porém, se nos agarrarmos uns aos outros — com respeito, confiança e a compreensão mútua de que enfrentar nossos medos individuais é a única forma de saltarmos juntos — em vez de cairmos, poderemos voar mais alto.

Esses são os tipos de verdades e perspectivas com que minha experiência com {THE AND} me presenteou. Mas elas estão lá para todos nós aprendermos. Basta ter boas discussões para acessá-las. E isto é uma coisa em que minha equipe e eu nos tornamos especialistas: fazer perguntas de qualidade em determinada ordem para trazer à luz a intimidade sagrada entre parceiros.

O {THE AND} tornou-se o trabalho da minha vida, transformando-se num compêndio de conversas íntimas que coloquei na internet na esperança de que, ao assisti-las, as pessoas se inspirassem a fazer perguntas melhores e aprofundar as próprias conexões. Pouco depois do lançamento do documentário {THE AND}, nosso público continuou assistindo a essas trocas incríveis, querendo tê-las em suas próprias vidas. Assim, resumi as questões do projeto em um conjunto de cartas com 199 perguntas e criei o {THE AND} Card Game e, posteriormente, uma versão digital do jogo em um aplicativo. Elas são uma maneira fácil de as pessoas experimentarem conexões guiadas e significativas para si mesmas e trazerem para as próprias casas o tipo de perguntas que minha equipe e eu criamos para os participantes.

Eu sabia que as informações que estávamos coletando ao facilitar e observar as conversas que aconteciam em {THE AND} eram valiosas. E sempre senti que talvez um dia, quem sabe por volta de nosso aniversário de dez anos, depois de termos acumulado uma década de experiência e compreensão, eu publicaria um livro compartilhando tudo o que aprendi ao testemunhar inúmeras conversas íntimas e vulneráveis e durante minha própria jornada ao longo do caminho das perguntas. Espero sinceramente que minhas experiências sejam úteis para você.

No entanto, sinto que a segunda oferta deste livro é ainda mais importante. Ela reside no que pode acontecer quando você transforma as informações contidas aqui em experiências próprias e tem, por si mesmo, o tipo de conversa que testemunhei. Apesar de tudo que aprendi estudando a intimidade por meio de meu trabalho com as câmeras, não tenho todas as respostas. Não sou um cientista. Não sou um guru. E sem dúvida não sou um terapeuta licenciado. Só posso falar com base em minhas observações e experiências, que, embora extensas, são subjetivamente minhas. Esperamos que, ao se comprometer com as conversas pelas quais este livro vai guiá-lo e ao colocar em prática as ferramentas descritas nas páginas a seguir, você possa fazer suas próprias observações acerca da intimidade, aprender suas próprias lições sobre relacionamentos e aprofundar sua compreensão do que significa viver do seu jeito como um ser humano.

As conversas de {THE AND} — que trarei como estudos de caso para ilustrar por que sinto que as perguntas que incluí neste livro são eficazes — foram todas editadas na sala de edição e, portanto, refletem tendências inconscientes, minhas e de minha equipe. Mas as conversas que você terá fora destas páginas serão experimentadas em sua totalidade, interpretadas e processadas por você e seu parceiro, e mais ninguém. Essa é a oferta que mais espero que você aceite deste livro: permita que ele o ensine a se tornar seu próprio professor.

O Dalai Lama diz que o amor não é um sentimento. É uma prática. Entrar no espaço intermediário é um esforço que lhe permite praticar o amor. Fazer isso lhe dá livre-arbítrio para aprofundar a qualidade de sua vida e o amor nela contido.

Como se envolver com este livro

A Parte I deste livro concentra-se nas ferramentas para criar o espaço de conexão e intimidade. Elas ajudam a construir o contexto no qual uma troca pode de fato proporcionar uma catarse para o crescimento.

A Parte II é composta de 12 perguntas que tenho visto serem capazes de aprofundar consistentemente a conexão entre parceiros românticos. No entanto, você pode usar essas perguntas em qualquer relacionamento em que exista um profundo senso de conexão, não apenas em seus relacionamentos românticos.

A Parte III oferece conselhos sobre como solucionar conflitos que podem surgir durante a conversa.

A intenção é que você leia o livro e depois tenha uma conversa íntima só sua. Para jogar, consulte as 12 perguntas da Parte II, listadas a partir da página 94, e faça essas perguntas ao outro, que também deve fazê-las a você. Outra opção é você ler a Parte I e a Parte III e, em seguida, jogar o jogo de perguntas com seu parceiro, fazendo um ao outro as 12 perguntas para ter sua própria experiência. Depois de jogar, leia a Parte II para entender por que as perguntas criaram a experiência e catalisaram tantas coisas entre vocês dois.

Como perguntar

Depois que terminar de ler e quando estiver pronto para iniciar uma conversa com a intenção clara de ter uma interação valiosa, criativa e honesta, aqui estão as diretrizes que sugiro que você estabeleça:

▶ Esta conversa funciona melhor se as 12 perguntas forem feitas na ordem em que aparecem neste livro. O raciocínio para isso será explicado detalhadamente mais adiante.

▶ Comecem olhando nos olhos um do outro por trinta segundos. Ancorem-se no espaço e um no outro. (Atenção, no entanto, para o fato de que nem todas

as pessoas se sentem confortáveis com o contato visual. Faça o que funciona para você — uma alternativa é simplesmente respirar com seu parceiro.)
- Cada parceiro terá a oportunidade de fazer e responder todas as perguntas, se assim o desejar, e o primeiro a perguntar alterna de pergunta para pergunta. Por exemplo, se você fizer a Pergunta 1 a seu parceiro, depois que responder ele terá a oportunidade de fazer a Pergunta 1. Sinta-se à vontade para discutir a resposta de cada participante até chegar a uma conclusão natural (é uma conversa, não um teste). Depois que ambos responderem, passe para a próxima pergunta, alternando quem faz primeiro.
- Tente não interromper o outro. Espere até que seu parceiro conclua um pensamento antes de responder.
- Você não precisa responder a todas as perguntas. Isso é muito importante. Manter o direito de pular uma pergunta evita que a pessoa se sinta encurralada. Você ganha o direito de passar olhando nos olhos de quem está perguntando por dez segundos e dizendo "passo". (Mais uma vez, se você se sentir mais confortável respirando junto, tudo bem também.)
- Lembre-se de se divertir. Enxergue esta conversa como um jogo que você e seu parceiro estão jogando um com o outro. Se as coisas ficarem pesadas ou esquentarem, você pode consultar a seção Solução de

conflitos: como recalcular a rota (p. 242), para saber como neutralizar alguma tensão que possa surgir.

Essas são as regras básicas do jogo. Outras regras úteis para garantir que a conversa corra bem e com segurança se as coisas esquentarem são: ninguém levantará a voz; ninguém sairá da sala até que a conversa termine; e, se a conversa precisar ser interrompida por qualquer motivo, vocês pularão para as duas últimas questões e as perguntarão e responderão para fechar o espaço com um encerramento que proporcione conexão e cura. Examinaremos essas diretrizes com mais detalhes posteriormente, na Parte III, quando falarmos sobre solução de conflitos.

No final do livro incluí os links de vídeo para todas as referências que faço às conversas de {THE AND}, para que você possa vê-las e ouvi-las por si mesmo (p. 283). Também compartilho algumas perguntas alternativas que acredito fazerem parte da mesma temática emocional da conversa e da pergunta que você está explorando (p. 278). Elas podem ser ótimas para usar na segunda ou na terceira vez que você sentar com seu parceiro para ter o tipo de conversa íntima pela qual você está prestes a ser guiado. Por último, ao longo do livro coloquei algumas citações retiradas da biblioteca de conversas de {THE AND} que me inspiraram e que espero que façam o mesmo por você. Os links para as conversas em que essas declarações ocorrem também estão incluídos.

Em vez de tratar essa conversa guiada como o ápice da exploração de conversas íntimas, encorajo você a encará-la como uma experiência de aprendizado — uma rodada prática para cada conversa profunda que você terá pelo resto da vida. Pense nisso como o início de sua jornada em seu próprio caminho de perguntas. Quem pode dizer aonde isso o levará?

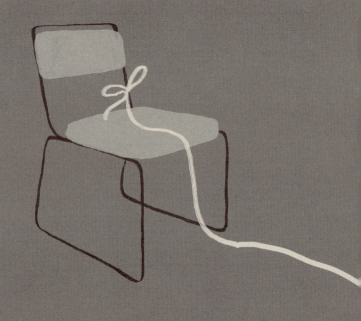

I: AS FERRAMENTAS

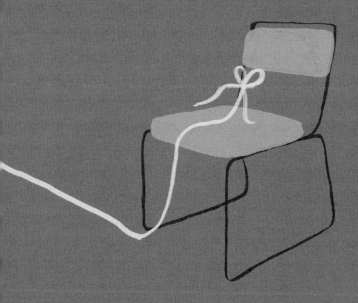

Nesta seção, você encontrará as ferramentas para criar o espaço de conexão e intimidade. Elas ajudam a construir o contexto no qual pode prosperar uma conversa que realmente atinge o cerne do que há de especial entre duas pessoas. Leia esta seção antes de iniciar sua conversa íntima, com as 12 perguntas da Parte II (p. 94) como guia.

PARE DE BUSCAR RESPOSTAS, ELABORE PERGUNTAS MELHORES

Quando foi a última vez que você conscientemente se fez uma pergunta?

Pare um momento e relembre os primeiros pensamentos que passaram por sua mente quando você acordou nesta manhã. Reproduza seu monólogo interior e observe atentamente a maneira como sua voz interior falou com você naqueles primeiros momentos de consciência. Provavelmente disse coisas como: "Estou com fome"; "Acho que vou comer ovos no café da manhã hoje"; "É melhor eu me mexer para não chegar atrasado ao trabalho". À primeira vista, tudo isso são afirmações. Mas de onde vieram essas afirmações? Por que você teve esses pensamentos, para início de conversa? Eles não vieram do nada. Algo os inspirou. Algo criou um espaço que essas afirmações precisavam preencher.

Tente voltar ao momento anterior a você se tornar consciente desses pensamentos. Eles foram uma resposta a quê? Você provavelmente não estava ciente disso, mas, antes que sua voz interior tivesse a chance de falar, uma parte mais profunda de você estava perguntando silenciosamente: "Como me sinto?";

"O que eu gostaria de comer?"; "Que horas são e como posso ter certeza de que darei conta de minhas responsabilidades?". Seus pensamentos eram todos respostas a perguntas.

A verdade é que estamos constantemente fazendo perguntas — a nós mesmos, uns aos outros e ao mundo que nos rodeia. Contudo, não é assim que a maioria vivencia a vida. Na maior parte do tempo, as perguntas que fazemos escapam à nossa consciência porque estamos apenas prestando atenção às afirmações, às respostas. Isso não é por acaso. A sociedade em que vivemos é obcecada por respostas. Nossa cultura nos programou tão completamente para nos concentrarmos nelas que muitas vezes não conseguimos ouvir as perguntas que fazemos a nós mesmos. E, mesmo quando as ouvimos, quão cuidadosos somos com o tipo de pergunta? Ou à maneira como as formulamos e aos tipos de resposta que pretendemos provocar? Soluções, resultados, desdobramentos e atitudes são tão valorizados que quase nunca paramos para pensar naquilo que cria e molda os espaços conscientes e inconscientes a partir dos quais elas surgem. Raramente atribuímos o mesmo nível de importância e intenção às perguntas das quais esperamos que surjam nossas preciosas respostas.

Isso é perder oportunidades. Ao corrermos atrás de respostas durante a busca de soluções para todos os tipos de problema — em nossa vida pessoal, nossos relacionamentos e até mesmo em nível global —, estamos procurando no lugar errado. Estamos correndo loucamente até a linha de chegada, sem qualquer entendimento da pista por onde corremos. Assim como o percurso dita o formato de uma corrida, é a pergunta que dá forma à sua resposta.

•••

Depois de observar milhares de conversas em {THE AND}, vi em primeira mão como as perguntas não apenas moldam as respostas, mas têm o poder de nutrir e apoiar a conexão entre dois seres humanos. Nossa sociedade subestima esse poder, no entanto, se aprender primeiro a reconhecê-lo e depois a exercê-lo, você se verá em posse de uma ferramenta extremamente valiosa para ter conversas melhores e mais profundas. Mas o poder das perguntas é capaz de muito mais. É a chave para fortalecer a experiência de estar vivo. Aprender como elaborar perguntas melhores lhe dará a capacidade de moldar não apenas conversas, mas também sua perspectiva do mundo, o que, por sua vez, lhe permitirá moldar sua realidade.

Então, como isso funciona na prática? Pare um momento e se imagine perguntando a uma criança se ela quer ir para a cama ou não. Está ficando tarde, então você interrompe a brincadeira e pergunta educadamente: "Quer começar a se preparar para dormir?". Com base na extensa pesquisa que conduzi ao longo dos últimos anos sobre paternidade e maternidade, estatisticamente falando, 98,8% das vezes a resposta será um "não" definitivo, geralmente gritado alto e bom som. Mas o que acontece se você mudar a pergunta? E se você perguntar à mesma criança: "Você quer dormir na cama ou no sofá?". De repente, ficar acordado até depois da hora de dormir deixa de ser uma opção. A resposta da criança só pode ser "cama" ou "sofá". Esse é um exemplo extremamente rudimentar do poder das perguntas em ação, mas você pode ver como a pergunta molda a resposta. E todas as perguntas — mesmo aquelas com riscos muito maiores do que a hora de dormir — têm esse poder inerente.

Permita-me trazer outro exemplo. Um amigo meu e os três irmãos foram criados pela mãe, que aos 35 anos foi diagnosticada com esclerose múltipla. No início, ela caiu em profunda depressão, perguntando a si mesma: "Por que eu?". Passava dias na cama enquanto seus quatro filhos, de 12 anos ou menos, carregavam o peso dessa terrível notícia e faziam o possível para apoiá-la. A família sentia-se perdida, pois seu futuro parecia ser um caminho de dificuldades e dores pela frente. Certa manhã, a mãe fez uma simples alteração em sua pergunta. Ela acrescentou uma palavra: "Por que *não* eu?". Isso mudou completamente sua perspectiva em relação ao diagnóstico. As respostas para "Por que eu?" a colocavam em um estado de depressão e apatia. As respostas para "Por que não eu?" a colocavam em um lugar de poder e ação: por que ela não seria capaz de ser forte o suficiente para suportar aquela dor? Nossa mente busca respostas. Deixe que isso trabalhe em seu benefício, concentrando-a em uma direção construtiva para você. Coloque mais energia e atenção na pergunta do que nas respostas que procura.

Muito antes de me tornar consciente de como exercer o poder das perguntas, eu já acreditava piamente nele. Todo documentário que fiz começava com uma pergunta. Não com uma ideia. Não com um conceito. Uma pergunta. Foi por meio do refinamento desse processo de questionamento e de fazer perguntas de inúmeras maneiras diferentes que as respostas começaram a ganhar corpo na forma de um filme.

Esse foi o processo — perguntas primeiro, resultados depois — que funcionou bem para mim. Mas foi apenas quando comecei a escrever perguntas para {THE AND} que o verdadeiro poder e a capacidade delas de moldar nossa realidade fizeram sentido para mim.

Quando comecei a filmar as conversas que se tornaram {THE AND}, lembro-me de ter sido dominado por um sentimento em particular: gratidão. Meu incipiente projeto de documentário não teria sido nada sem a vulnerabilidade e a abertura que os participantes do mundo inteiro trouxeram para as conversas, quando foram corajosos o suficiente para se envolverem de forma plena e gentis o suficiente para me deixarem gravar. Diante da disposição de compartilhar seus aspectos mais íntimos, senti a responsabilidade de garantir que estava lhes proporcionando a experiência mais catártica possível, capaz de aprofundar de maneira confiável seus relacionamentos. Então comecei a deliberar sobre como elaborar perguntas para os participantes fazerem uns aos outros que proporcionassem exatamente isso. A experiência de assistir à conversa entre Rafa e Douglas foi para mim um desses pontos de referência, em que fiquei cara a cara com o poder das perguntas. Contudo, para mim, o passo seguinte foi aprender exatamente o que tornou a pergunta de Douglas tão impactante.

Quanto mais eu analisava os tipos de respostas, sentimentos e experiências que perguntas específicas provocavam, mais aprendia que a formulação e a sequência precisas eram fundamentais. Duas perguntas aparentemente semelhantes, mas que são formuladas de maneiras diferentes, podem levar a respostas completamente diversas. Por exemplo, fazer com que os parceiros perguntem uns aos outros "Por que brigamos tanto?" gera uma longa lista de queixas. Pela forma como a questão é construída, as únicas respostas possíveis estarão centradas no conflito e em nada mais. Embora uma pergunta como essa pudesse ter criado algum conteúdo lascivo e de *click-bait*, aquele acesso garantido, que teria proporcionado a {THE AND} muito mais visualizações no YouTube, esse não era meu objetivo. Queria que os participantes tivessem a chance de aprender algo novo sobre a ligação que tinham com os outros, para explorarem novos terrenos que podem ter sido negligenciados em sua vida cotidiana. Eu queria que eles experimentassem um crescimento significativo como resultado da conversa pela qual os estávamos guiando. Então ajustei a pergunta, que se tornou: "Qual é o nosso maior conflito e o que ele está nos ensinando?". Agora, a ideia de que o conflito entre eles traz consigo uma lição inerente está embutida na própria pergunta. Colocada dessa maneira, uma resposta completa não pode ser uma lista dos mesmos velhos problemas pelos quais um casal briga. Deve oferecer uma oportunidade de crescimento de que os dois possam tirar proveito se assim o desejarem. A proposta está lá. A escolha é deles. Uma vez reescrita a pergunta, os participantes têm a oportunidade de reformular o conflito. As possíveis respostas a essa pergunta deixam de ser uma lista de reclamações e um sentimento de impotência e se tornam uma oportunidade para duas pessoas enxergarem como algo que é uma fonte de dor em seu relacionamento pode se tornar um presente capaz de ajudá-las a crescer.

Fazer perguntas melhores pode trazer muito mais benefícios do que apenas facilitar conversas mais profundas e construtivas. Pode ser a diferença entre tomar uma decisão crucial na vida de maneira confiante e ficar preso na armadilha da dúvida. Quando minha companheira estava grávida de nosso primeiro filho, vários anos atrás, nos deparamos com a seguinte pergunta: "Onde queremos morar?". Era uma questão que parecia tão séria, tão assustadora e tão importante que consumiu a ambos. Durante cinco meses viajamos em busca de uma resposta. Visitamos Santa Fé e Taos, no Novo México; Boise, em Idaho; Curvatura, em Oregon; Seattle, em Washington; e Boulder, no Colorado. Independentemente de onde fôssemos, nenhum lugar parecia atender a todos os critérios do local onde queríamos nos estabelecer e criar nossa família. Uma cidade parecia um bom lugar para criar um bebê, mas as escolas eram boas o suficiente? Seria economicamente viável em longo prazo? Seríamos constantemente inspirados por esse local? Aquela era a paisagem que queríamos contemplar todos os dias de nossas vidas nos próximos anos? Com tantas variáveis, "Onde queremos morar?"

era uma questão séria e complicada. Não é de surpreender que nossa busca por uma resposta não rendeu muito mais que uma espiral de estresse que nos fez girar em círculos vertiginosos.

Felizmente, quando minha parceira engravidou de nosso segundo filho e mais uma vez estávamos pensando em nos mudar, eu já havia passado muito mais tempo pensando no poder das perguntas. E, assim, dessa vez decidimos reformulá-la. Em vez de "Onde queremos morar?", nossa pergunta passou a ser: "Onde queremos morar até nosso novo bebê completar 6 meses, pensando que esse será também o local que nos apoiará na criação de um ambiente acolhedor e amoroso para nossos filhos pequenos, ao mesmo tempo que nos inspirará a dar mais de nós mesmos uns aos outros?". Apesar de mais longa, essa foi uma pergunta muito mais fácil de responder. Embora a contagem total de palavras possa ter aumentado, a mudança no texto reduziu exponencialmente a lista do que precisávamos da nova casa. Agora só precisava ser um ambiente seguro e acolhedor, com muita natureza e um bom senso de comunidade. De repente, passamos a olhar com outros olhos o lugar onde já nos encontrávamos, com mais apreciação. Não importava se algum dia iríamos querer nos mudar para outro lugar. Àquela altura, podíamos responder à nossa pergunta com confiança e tomar uma decisão que considerávamos atender a todas as nossas necessidades, sem precisarmos passar por todo aquele estresse.

Embora prestar atenção às perguntas que fazemos uns aos outros possa ter um enorme impacto na qualidade das relações, reformular as que nós nos fazemos pode alterar toda a nossa percepção do mundo. A história da mãe portadora de esclerose múltipla de meu amigo é um excelente exemplo disso. Pense em algumas das questões difíceis que surgiram ao longo de sua vida. Perguntas como "O que devo fazer da minha vida?" são difíceis de responder, mas "Qual é minha paixão e como posso desenvolvê-la como uma habilidade que agregue valor aos outros?" é muito mais específica e mais fácil de alinhar com qualquer que seja sua trajetória em determinado momento. Ao formular a pergunta dessa maneira, você está enxergando o mundo através de uma lente colorida pelo seu desejo, e não através de uma lente projetada para satisfazer as expectativas da trajetória típica da vida. "Por que eles não gostam de mim?" não é particularmente construtivo, mas "Por que acho que eles não gostam de mim e qual é o benefício que posso tirar da compreensão disso?" pode levar você a seguir um caminho de autoexploração e a uma compreensão mais saudável de como se vê.

Ou que tal uma pergunta que muitos de nós nos fazemos quando algo ruim acontece, que é: "Por que essa merda aconteceu comigo?". O que aconteceria se mudássemos a pergunta para: "Qual é a lição que posso tirar dessa merda?". Ou, melhor ainda: "Por que tenho tanta sorte de essa merda ter acontecido comigo?". E se levássemos isso para outro nível com: "De que maneira essa merda serve de fertilizante para quem estou me tornando?". Simplesmente mudando a pergunta, você se dá a oportunidade de crescer e apreciar toda aquela merda com a qual lidou como substrato para o tipo de descoberta e desenvolvimento que pode catapultá-lo exatamente para a vida que busca ter. Por que não se dar a oportunidade de ver isso logo de cara, aproveitando o poder das perguntas que você faz a si mesmo? Em vez de focar o resultado — a resposta à sua pergunta —, prestar mais atenção à pergunta em si permite que uma solução mais fortalecedora e construtiva apareça. Ao moldá-la, você molda a resposta e, ao moldar a resposta, você molda sua realidade. Então pare de procurar respostas. Crie perguntas melhores. Seu relacionamento consigo mesmo, com seu parceiro e com todos os aspectos do mundo a seu redor só se tornará mais forte, mais intencional e mais poderoso.

O QUE FAZ COM QUE UMA PERGUNTA SEJA BOA

Como tirar proveito do poder das perguntas para obter respostas profundas e significativas de maneira confiável?

Depois de anos criando perguntas para mais de mil conversas e observando cuidadosamente as experiências que elas produziram, identifiquei cinco componentes-chave nas perguntas mais eficazes que os participantes fizeram uns aos outros em {THE AND}. Todas essas questões tinham um ponto de vista conectivo. Ou, em outras palavras, estavam focadas no espaço intermediário entre quem pergunta e quem responde. Eram não binárias e abertas, estruturadas para extrair mais do que um simples "sim" ou "não". Permitiam um resultado positivo ou construtivo, em vez de gerar conflitos destrutivos. Eram inesperadas, geralmente conectando duas ideias díspares. Por fim, foram formuladas como uma oferta a quem responde, e não como uma diretriz ou uma acusação. Faça uma pergunta que honre todos esses cinco elementos, e o coração vibrante e pulsante de qualquer questão se revelará.

Vamos nos aprofundar um pouco mais em cada um dos princípios que constituem uma boa pergunta para ver seu valor e como funcionam na prática.

É preciso ter um ponto de vista conectivo

Uma pergunta com um ponto de vista conectivo tem a ver com o espaço entre os participantes — o espaço invisível, magnético e de conexão a que chamo de "o e". Explora a relação única entre duas pessoas, em vez de pedir a qualquer uma delas que fale a partir de suas perspectivas subjetivas. Por exemplo, "Como você enxerga o amor?" não é uma pergunta tão forte quanto "Em que pontos enxergamos o amor de maneira diferente?". Você percebe como o segundo exemplo elucida a conexão entre parceiros, colocando quem responde no lugar de quem pergunta, convidando-o, assim, a ver as coisas de uma perspectiva diferente?

Além disso, a perspectiva que aquele que responde é convidado a assumir para responder pode parecer ser a de quem pergunta. Porém, não é; na verdade, é o ponto de vista único da conexão entre os dois, do próprio relacionamento. Sim, você está pedindo que seu parceiro compartilhe o que acha ser sua maneira de enxergar o amor, mas a resposta dele é capaz de resumir com precisão seus pensamentos, sentimentos, palavras, maneirismos e interesses? Mesmo que a resposta dele ressoe totalmente com o que você pensa sobre o amor, ou qualquer assunto nesse sentido, o próprio fato de ser o outro a oferecê-la faz com que essa resposta seja uma união de seus pensamentos com os dele. Ele está vendo o mundo através de dois pares de olhos — os seus e os dele. Essa visão compartilhada é o ponto de vista conectivo. Sobrepostos uns aos outros, seus pontos de vista criam uma perspectiva maior que a soma das partes. Esse é o tecido invisível por meio do qual o amor é compartilhado e nutrido.

Explorar qualquer questão sob essa perspectiva garante que a conexão compartilhada continue sendo o foco da conversa. Perguntas que não têm um ponto de vista conectivo podem gerar longos monólogos nos quais uma pessoa fala sem parar sobre as próprias preferências, expõe teorias pessoais de vida ou, geralmente, apenas divaga sobre si mesma até cansar. Isso não acontece se uma pergunta tiver um ponto de vista conectivo, porque você e seu parceiro serão parte de qualquer resposta que surgir, mantendo ambos envolvidos na conversa o tempo todo. Perguntar ao seu parceiro "O que a vida está lhe ensinando?" é bom, mas não é tão interessante ou valioso para vocês quanto "O que você acha que a vida está *me* ensinando?". Você pode facilmente pensar sobre o que a vida está ensinando apenas para você. A outra pessoa não é de fato necessária. No entanto, a segunda pergunta convoca seu parceiro a refletir sobre seus sentimentos, exigindo a participação dele. Agora você pode ouvir a perspectiva dele sobre sua experiência. Isso pode oferecer uma oportunidade preciosa de aprender algo novo sobre ele ou algo que nunca percebeu sobre você, e certamente será uma oportunidade para compreender melhor a conexão entre vocês dois.

Uma ótima maneira de discernir se uma pergunta tem ou não um ponto de vista conectivo é se perguntar se a resposta que ela provoca será exclusiva do relacionamento, ou seja, se a resposta que ela provoca será diferente, dependendo de para quem você está perguntando. Se ela variar de acordo com quem faz a pergunta, então a pergunta tem um ponto de vista conectivo. Se a resposta puder tranquilamente ser a mesma, não importando quem fizer a pergunta, então não será o caso. Digamos que seu parceiro lhe pergunte "Qual é o seu maior medo?" e você responda: "Aranhas". Se seu pai, seu chefe ou seu amigo lhe fizerem a mesma pergunta, sua resposta será diferente? Ela tem a ver com seu vínculo com quem pergunta ou apenas com a sua relação com seu maior medo?

Perguntas como "Qual é o seu maior medo?" funcionam se você está apenas tentando conhecer alguém em um nível básico, mas elas não têm o poder de aprofundar o relacionamento de ninguém. Muitos livros populares foram escritos oferecendo uma lista de perguntas importantes a serem feitas ao parceiro, mas poucos desses livros ou listas, se é que há algum, levam em conta o ponto de vista conectivo. Muitas dessas perguntas provocarão a mesma resposta, independentemente de quem as faça.

Alguns anos atrás, um conjunto de perguntas desenvolvidas pelos psicólogos Arthur e Elaine Aron, "As 36 perguntas que levam ao amor", viralizou por meio de um artigo publicado em 2015 no *New York Times* intitulado "Para se apaixonar por qualquer pessoa, siga essas instruções". Dei uma olhada nas perguntas, e apenas sete delas falam vagamente sobre a conexão entre parceiros. O resto são perguntas em que se pede a um dos parceiros que expresse os pensamentos ou sentimentos a partir da própria perspectiva. Por exemplo: "O que você mais valoriza em uma amizade?"; "Que papel o amor e a afeição desempenham em sua vida?". Percebe como sua resposta será a mesma, seja seu parceiro, sua mãe ou seu garçom a pessoa que faz a pergunta? Não é que não sejam questões importantes a serem feitas quando conhecemos alguém, mas, depois de desenvolver um relacionamento com outra pessoa, não é mais interessante saber melhor a respeito de sua conexão com ela, do espaço dinâmico entre vocês dois?

Vamos voltar por um momento ao exemplo da aracnofobia e aprender a trazer um ponto de vista conectivo para a pergunta "Qual é o seu maior medo?". Uma versão mais forte, que tem o poder de aprofundar o relacionamento com seu parceiro, é: "Do que você acha que tenho mais medo e por quê?" ou "Quando você pensa em nosso futuro juntos, o que mais o preocupa?". Agora, a resposta jamais será a mesma se você a apresentar a duas pessoas diferentes. O foco foi trazido de volta para a conexão única entre você e a pessoa com quem está falando.

É preciso ser não binária e aberta

Poucas palavras são capazes de estancar o fluxo de uma boa conversa mais depressa do que "sim" e "não". Se seguidas de uma explicação cuidadosa e pessoal, às vezes as respostas "sim" e "não" podem levá-lo a lugares interessantes, mas será que as melhores conversas entre parceiros se concentram em verdades objetivas, absolutas e binárias? Ou será que tratam de verdades subjetivas que residem no coração? Conversas que exploram os tons de cinza entre conceitos binários não são mais interessantes? O fato de algo ser verdade — ou não — lhe ensina tanto sobre seu parceiro quanto perguntar *por que* ele se sente de determinada maneira em relação a algo, *o que* sente ou *como* esses sentimentos se manifestam nele. Portanto, perguntas abertas, que não permitam que um "sim" ou um "não" mantenha a conversa em águas rasas, são a melhor escolha para dar profundidade às suas conversas.

Respostas "sim" ou "não" também são uma maneira fácil de aquele que responde evitar se abrir de verdade e dar voz às nuances de como enxerga e vivencia a conexão com o parceiro. Pergunte "Você me ama?" e receberá uma resposta simples e unidimensional. No entanto, se você perguntar "Por que você me ama?", "Como você sente o amor por mim?" ou "Quando o seu amor por mim parece mais forte e quando parece mais fraco?", a resposta que receberá será uma exploração complexa do eu emocional de seu parceiro. Isso é especialmente importante para questões difíceis. Um "sim", "não" ou "acho que sim" pode servir como escudo utilizado pelo seu parceiro para se proteger da vulnerabilidade e da verdade mais profunda que está por trás dessas respostas. Mas uma questão não binária oferece a oportunidade de explorar mais. Você consegue ver como perguntar "Você acha que há coisas em nossa conexão que poderíamos fortalecer?" dá a opção de escapar da vulnerabilidade e do desconforto simplesmente dizendo "não", enquanto a pergunta "O que podemos fazer para fortalecer nossa conexão?" cria uma oportunidade para iniciar uma conversa construtiva?

É mais forte quando empodera e almeja um resultado construtivo

Observemos a seguinte pergunta: "O que costumamos entender errado em relação um ao outro?". Quão construtiva poderia ser uma resposta a essa pergunta? E qual a probabilidade de essa pergunta oferecer uma oportunidade de crescimento?

Da maneira como foi elaborada, a pergunta "O que costumamos entender errado em relação um ao outro?" prepara você para dar uma resposta na qual delineia pontos de desconexão, mas não necessariamente para crescer a partir deles. O melhor resultado nesse caso seria você ficar ciente de algo que seu parceiro considera um mal-entendido, mas que você não via como tal.

Mas e se você fortalecer a pergunta dizendo "O que costumamos entender errado em relação um ao outro e o que podemos fazer a respeito?" ou "O que costumamos entender errado em relação um ao outro e por que você acha que isso acontece?"? Pense no que pode acontecer. A partir da natureza da formulação da pergunta, o tom emocional da resposta muda completamente. Em vez de duas pessoas lutando sob o peso de um mal-entendido, vocês agora se enquadram como uma equipe, planejando como enfrentar a questão juntos ou já aprendendo os ensinamentos. A ideia é moldar a pergunta de tal maneira que ela os coloque em condições de construir algo juntos.

Então, suas perguntas estão estabelecendo as bases para que você possa decolar e explorar algo com seu parceiro ou estão preparando você para um conflito que enfraquecerá a conexão entre os dois? De que maneiras elas estão trazendo comunicação, empatia, resiliência e capacidade de crescimento?

Abrace o inesperado

Às vezes ficamos presos aos mesmos padrões — de pensamentos, comportamentos, sentimentos. Depois de vivermos dentro desses padrões por tempo suficiente, eles podem começar a parecer a realidade. Eles se tornam os limites dentro dos quais pensamos que nossa vida deve se desenrolar. Mas isso é uma falácia muitas vezes perigosa. Viver dentro dos limites que inconscientemente criamos para nós mesmos e para nossos relacionamentos pode nos fechar para as muitas possibilidades exuberantes que a vida tem a oferecer.

Descobri que essas possibilidades tendem a surgir de maneiras inesperadas. Afinal, se esperamos que o padrão a que estamos presos seja mantido, qualquer coisa que nos tire dele parecerá inesperado, não é? Fazer conexões inesperadas é uma ótima maneira de nos treinarmos para permanecer abertos a novas possibilidades e perspectivas e para receber em nossas mentes e nossos corações a flexibilidade mental e emocional. Fazer isso conversando com outras pessoas nos permite sair de quaisquer formas rígidas que tenhamos vivenciado em nossos relacionamentos e facilita que novos caminhos se abram para nós. Isso pode ser feito de duas maneiras. Uma delas é conectar duas ideias que nem sempre caminham juntas. Por exemplo:

1 **Conecte duas ideias que frequentemente não combinam.**
   - Como o conflito nos torna melhores?
   - Qual é sua lembrança favorita de seu pior relacionamento?
   - O que você teme ganhar?
   - Para você, qual é o preço de ganhar dinheiro?
   - Qual foi o maior erro que você cometeu e acabou sendo um grande presente?

A segunda é colocar uma pessoa no lugar de outra para forçá-la a encontrar uma resposta a partir da perspectiva do outro. Eis algumas opções:

2 **Coloque uma pessoa no lugar da outra para forçá-la a encontrar uma resposta do ponto de vista alheio.**
   - O que você acha que eu entendo sobre a vida que você ainda não entende?

- Qual você acha que é minha maior dificuldade de ser seu amigo?
- O que eu não entendi sobre você e por que você acha que isso acontece?
- Qual você acha que é minha qualidade mais sexy?
- Qual é o erro que você me vê cometer repetidamente e por que você acha que eu o cometo?

Percebe como todas essas perguntas reúnem duas ideias inesperadas ou colocam uma pessoa em outra perspectiva e, ao fazê-lo, convidam o entrevistado a entrar em um ponto de vista desconhecido sobre uma questão possivelmente familiar? Repetidamente, vejo perguntas inesperadas provocarem respostas emocionais catárticas e revelações significativas nos participantes de {THE AND}. Vejamos uma das minhas conversas favoritas, que sempre me traz lágrimas aos olhos, gravada em Wellington, Aotearoa, na Nova Zelândia, entre John, de 40 e poucos anos, com cabelo loiro curto e descolorido, e seu filho Curtis, 16 anos, que usa óculos, veste principalmente preto e tem uma sinceridade comovente.

Curtis é neurodivergente, e sua família sempre esteve muito atenta a suas necessidades. Sabendo disso, escrevi esta pergunta para John fazer ao filho: "Qual você acha que é minha maior dificuldade em ser seu pai?". Quando John fez essa pergunta, a sensação de alívio que sentiu por finalmente ter a oportunidade de ser visto dessa forma por seu filho foi palpável. Ele soltou um suspiro lento, e seus ombros caíram enquanto toda a tensão mantida por muito tempo parecia escapar. Eu me perguntei se em algum momento John já havia feito uma pergunta que despertasse a empatia de Curtis. Criou-se um espaço onde John foi enxergado pelo filho, possivelmente pela primeira vez, de uma forma diferente daquela que o relacionamento deles proporcionava até então.

Conectar pontos que talvez nunca tenhamos pensado em conectar cria um novo espaço onde viver e uma nova conexão em qualquer relacionamento, abrindo assim novas formas de estarmos juntos.

É mais eficaz quando é um presente sem julgamento ou pauta

Há uma distinção fundamental a ser feita entre perguntas pontuais que exigem uma resposta e aquelas apresentadas como uma oferta, um presente. Uma oferta é um convite para explorar algo novo ou transmitir uma opinião raramente expressa. Por outro lado, perguntas que buscam extrair algo objetivo podem ser encaradas como manipuladoras, com segundas intenções, e fazer com que a pessoa que responde se sinta encurralada. Você consegue sentir a diferença entre as perguntas "Qual foi o momento em que mais o decepcionei?" e "Qual foi um momento em que você se sentiu mais decepcionado comigo?"? É sutil, mas pode fazer toda a diferença na maneira como seu parceiro se sente ao responder e na própria resposta. A segunda proposição quer entender *um* momento, e não *o* momento, permitindo, portanto, flexibilidade, em vez de algo específico. Além disso, pergunta quando a pessoa *se sentiu* mais decepcionada em comparação com o momento em que foi objetivamente magoada. Esse ajuste torna a questão pessoal no que tange à experiência de quem responde e marca a situação como tal. Em vez de colocar quem pergunta numa posição de árbitro da verdade, decidindo se de fato desapontou o parceiro ou não, ele permite reconhecer a validade da experiência subjetiva do parceiro.

Vejamos outro exemplo. Qual pergunta você prefere responder: "Qual foi a coisa mais dolorosa que você fez em nosso relacionamento?" ou "O que você acredita ter sido a coisa mais dolorosa que você fez em nosso relacionamento?". Observe como, ao adicionar as palavras *você acredita,* a segunda opção suaviza a linguagem, de modo que a pergunta passa a ser sobre sua opinião a respeito de uma ação possivelmente dolorosa, em vez de exigir que você admita definitivamente que fez algo que causou sofrimento a seu parceiro. A pergunta foi transformada em uma oferta para você discutir um acontecimento, em vez de forçá-lo a fazer uma afirmação sobre o que acha que é objetivamente verdadeiro. Dessa forma, ninguém está sendo encurralado. É muito mais fácil e seguro dizer ao seu parceiro "Esta é a minha experiência" em vez de "Esta é a realidade".

É verdade que nem todos os comportamentos interpessoais em um relacionamento são subjetivos; alguns são apenas prejudiciais. Não estou propondo aqui que tudo o que acontece em um relacionamento é passível de interpretação. No entanto, depois de anos aprimorando a forma como escrevo perguntas para {THE AND}, descobri que as melhores conversas surgem quando as perguntas são apresentadas como oportunidades de investigação, das quais os participantes podem optar por participar ou não. É muito mais fácil apertar uma mão aberta do que uma que aponta o dedo para você. Descobri que, se as perguntas escritas para os participantes forem muito objetivas, se os pressionarem demais a ter determinada experiência, a resposta natural será que qualquer um dos dois recue e possivelmente se feche para o outro. Isso é o oposto do que você busca se estiver tentando explorar de maneira honesta a conexão no espaço que esperamos criar.

COMO CRIAR UM ESPAÇO SEGURO PARA TER CONVERSAS

Conversas de qualidade só podem ocorrer quando ambos os parceiros sentem que estão em um espaço emocionalmente seguro. Ponto-final. Se um dos dois se sentir inseguro, mesmo uma pergunta perfeitamente construída não será capaz de romper as defesas que você instintivamente criou em torno de seu coração. Mas tenha cuidado para não confundir segurança com conforto. Não são a mesma coisa, e há uma distinção fundamental a ser feita entre os dois conceitos. A segurança deve ser cultivada e mantida em todos os momentos, preenchendo o espaço com uma compreensão mútua de que há intenção, motivação, cuidado e diretrizes bem claras compartilhadas entre os parceiros. O conforto — conforto emocional —, por outro lado, é algo que eu convidaria você a abandonar o máximo possível ao iniciar as conversas íntimas.

O desconforto é um pré-requisito necessário para o crescimento. Como qualquer um de nós pode esperar experimentar novidades que permitem mudanças positivas enquanto estamos trancados na prisão luxuosa e familiar de nossa zona de conforto? Sentir-se seguro o bastante para explorar as vulnerabilidades juntos é fundamental, um pré-requisito essencial para iniciar a conversa pela qual este livro vai guiá-lo. Entender por que você está tendo essa conversa, a intenção por trás dela e quais são as regras cria um espaço emocionalmente seguro no qual você pode transmitir suas ideias de forma vulnerável e de tal maneira que, assim esperamos, elas possam ser mais bem recebidas pelo outro.

•••

Por que vamos ao cinema ou ao teatro? Fazemos isso porque sabemos que estamos em um espaço seguro para sentir a tristeza, o medo, o desgosto ou a raiva que vemos um personagem vivenciar. Isso significa que temos clareza sobre a intenção compartilhada do espaço, a motivação de estar lá, o cuidado que é dado a todos, pois há proteções claras para a experiência. Entramos no cinema e no teatro com a intenção de ter esse tipo de experiência. Além do mais, temos permissão para assistir a esses personagens em seus momentos mais íntimos. Sabemos também que o palco é onde os atores estão em cena, os assentos são onde nós, o público, vamos testemunhar a atuação e que a fronteira não será ultrapassada. É ao mesmo tempo um espaço seguro para vivenciarmos sentimentos intensos e assumirmos o papel de *voyeur*.

Agora imagine assistir a duas pessoas brigando na rua. É uma experiência muito diferente de observar dois atores brigando no palco. Parte de você pode naturalmente querer assistir ao desenrolar da briga; afinal, é uma irresistível expressão do poder das emoções humanas. Mas, ao mesmo tempo, você sente uma pontada de culpa por invadir o espaço privado de outras pessoas e ondas de desconforto à medida que seu próprio espaço é invadido por sentimentos e emoções com os quais você talvez não se sinta seguro o suficiente para lidar ao sair para o mundo com a única intenção de ir ao mercado.

Então, qual é a diferença entre esses dois cenários?

Enquadramento, contexto e permissão

Imagine se seu parceiro se aproximasse de você enquanto você lê este livro e de repente perguntasse "Por que você me ama?" completamente do nada, sem criar um espaço nem entrar nele com uma intenção clara e partilhada. Qual seria sua reação? Você calmamente mergulharia em seus sentimentos e começaria a explorar a beleza multifacetada de seu amor por ele? Improvável. Em vez de pensar por que você o ama, você estaria se perguntando: "De onde veio isso?"; "O que foi que eu fiz?"; "Deixei o assento da privada levantado de novo?"; "O que ele quer de mim?"; "Ele acha que estou tendo um caso?". A questão é que você não estaria focado em responder à pergunta; em vez disso, tentaria construir um contexto a partir do qual uma pergunta dessa magnitude pudesse surgir de maneira racional.

Assim como uma peça ou um filme cria um enquadramento no qual é possível testemunhar e experimentar certas coisas que talvez não façam parte da vida cotidiana, é importante, antes de ter uma conversa profunda com seu parceiro, enquadrar o que você está fazendo e adentrar essa experiência com a intenção compartilhada de desenvolver esse tipo de conversa catártica e honesta, sujeita a regras que manterão vocês dois seguros.

É por isso que é importante que ambos os participantes entendam que estão entrando voluntária e intencionalmente em um espaço criado especificamente para que conversas como essa aconteçam. Usar as 12 perguntas deste livro (ou qualquer um dos conjuntos de cartas {THE AND}, se você quiser mais perguntas) para orientar suas conversas íntimas pode ser útil porque elas enquadram automática e imediatamente o diálogo como um jogo. Ao decidir jogar, você traz para a experiência a intenção de responder perguntas conectivas, envolvendo-se na experiência. Contudo, quando você não está usando as cartas, contextualizar a experiência como algo que tem regras diferentes das do cotidiano é fundamental para que essa troca dê certo. Chame de jogo, se quiser. Na verdade, eu encorajo você a enquadrar a conversa na linguagem mais leve e divertida possível. Lembre-se de que, embora essa experiência possa levá-lo a níveis de vulnerabilidade e desconforto que permitem que você, seu parceiro e seu relacionamento se tornem mais fortes e mais sábios, também pode ser uma experiência cheia de risadas e pura diversão. O riso pode ser um professor poderoso, muitas vezes subestimado. Referir-se a essa conversa como um jogo vai iluminar a atmosfera do espaço que você está criando e reforçar a ideia de que, como acontece com todo jogo, existem regras incorporadas à experiência na qual você está prestes a entrar.

Regras e limites

Regras não são uma coisa ruim. São uma ferramenta por si sós. Pergunte a qualquer artista, e ele lhe dirá que as limitações criativas — limites ou regras dentro das quais eles criam — são o que lhes permite prosperar e fazer uma arte melhor. Um pintor que não tenha previamente estabelecido a regra de pintar sobre uma tela ou sobre uma parede específica ficaria totalmente perdido na hora de determinar as dimensões, a escala e a perspectiva de uma obra. Se eu fizesse um documentário sem a regra de não exceder duas horas de duração, poderia passar anos lutando para criar uma monstruosidade de dez horas que ninguém seria capaz de assistir. Da mesma maneira, as regras que dão limites a uma conversa dão forma ao espaço e escopo, garantindo a segurança necessária para que os participantes se permitam ser vulneráveis.

Uma das principais razões pelas quais muitos casais se sentem mais à vontade para discutir os problemas na frente de um terapeuta é porque o consultório do terapeuta é um espaço regido por regras e mediado por um árbitro. A terapia de casal pode ser uma ferramenta importante e útil. Eu mesmo a utilizei e achei eficaz. Ao iniciar as próprias conversas fora da terapia de casal, você deve estar atento ao criar o próprio espaço e regras, para que possa aprender as habilidades necessárias para se tornar seu próprio árbitro. Vocês dois terão criado um ambiente seguro que incentiva a honestidade, a abertura e a autodescoberta por conta própria. Apenas o poder de realizar isso juntos já pode ser muito importante para construir confiança um no outro. Sem que nada de fato "aconteça" ou seja "alcançado", às vezes apenas estar em um espaço estimulante que vocês criaram pode ser o suficiente.

Deixe de lado qualquer pretensão

Entrar na conversa de maneira aberta é muito diferente de entrar com uma pretensão ou expectativa. A intenção de ter uma conversa exploratória sobre o relacionamento de vocês é aberta; permite todas as possibilidades. Porém, sentar esperando que algo aconteça ou, pior ainda, porque você deseja consertar ou mudar seu parceiro é se preparar para exigir determinado resultado ou comportamento do outro. Se a ideia é explorar dinâmicas fluidas, perspectivas inesperadas e novas formas de estar juntos, limitar a experiência a expectativas específicas não acabará apenas restringindo o quão longe essa experiência poderá te levar? Você não pode aprender algo novo se ficar apenas brincando com o que já sabe. O único objetivo dessa experiência é que vocês estejam juntos, intimamente conectados em um espaço seguro e respondendo honestamente às perguntas convidadas para esse espaço, permitindo que descubram coisas — sobre seu parceiro, sobre você mesmo e sobre sua conexão com ele. Confie em si mesmo, em seu parceiro e na própria experiência de que tudo o que resultar disso estará certo, mesmo que sejam apenas risadas, confusão ou nada grandioso. Se você estabeleceu regras e criou um espaço no qual ambos se sentem emocionalmente seguros, é quase certo que será exatamente do que vocês precisam, não importa quão desconfortável a conversa seja.

O caminho do crescimento é iluminado por medos. Ao encará-los onde quer que apareçam e enfrentá-los juntos em um espaço onde ambos se sintam seguros para serem vulneráveis — mas confiantes o suficiente para se sentirem desconfortáveis —, vocês construirão confiança, fortalecerão a conexão e levarão a relação para um nível além.

Espaço físico

Agora que as regras, os limites e as intenções foram estabelecidos, é importante que você se sinta confortável no espaço físico. Dessa forma, não se distrairá e poderá entrar totalmente em desconforto emocional. Ao filmar {THE AND}, minha equipe e eu criamos alguns truques para ajudar a facilitar esse processo. Gostamos de ter os participantes sentados em cadeiras que não rangem e em cima de um tapete confortável. Também colocamos uma vela em algum lugar da sala, apenas para ter uma sensação de energia se movendo pelo espaço. No fundo, o objetivo é fazer com que seja aconchegante e pouco intimidante. Assim que os participantes se sentam, pedimos que contem de um a dez, elevando a voz do sussurro ao grito, antes de começar a conversa. Dessa forma, eles se sentem donos do espaço no que se refere à audição. Os diretores se agacham para conversar com os participantes, assim estes falarão em uma posição de poder. Falamos com eles de baixo para cima, não de cima para baixo. O diretor também mantém contato visual constante para ajudar a trazer a pessoa para o espaço e exemplificar esse comportamento, na esperança de que ela faça o mesmo durante a conversa. Essas são algumas das técnicas para fazer com que os participantes sintam que o espaço desconhecido em que estão sendo filmados é deles. Se você estiver em um espaço muito familiar, como sua cozinha, provavelmente não precisará iniciar suas conversas profundas gritando "Dez!". Mas certifique-se de estar consciente do espaço em que está. Há sons altos que podem te distrair? Há muito movimento ao redor que poderá te afastar do momento? Esse é um espaço em que você e seu parceiro se sentem em pé de igualdade? Certifique-se de estar em um lugar onde ambos se sintam igualmente confortáveis e, se possível, posicionados de forma que fiquem com os olhos no mesmo nível.

Este último ponto é extremamente importante. Manter contato visual durante essa experiência pode ser ainda mais poderoso para enriquecer a conexão com seu parceiro do que qualquer uma das palavras que vocês vão proferir. Sempre nos certificamos de que os participantes reservem trinta segundos apenas para fazer contato visual antes de fazerem a primeira pergunta, porque vimos repetidas vezes quão poderoso esse momento pode ser. Não importa quem somos, de onde viemos ou qual nossa aparência, todos os seres humanos têm a mesma pupila negra de ônix. Essas joias brilhantes que todos nós carregamos são chamadas de "janelas da alma" por um bom motivo. Que beleza indescritível, que verdades inarticuláveis você viu nadando no fundo dos olhos de um parceiro? Comece sua conversa reservando um tempo para explorar tudo isso. Não importa o que vocês encontrem lá, olhar nos olhos um do outro reforçará o que todos compartilhamos e acenderá a chama da intimidade emocional antes mesmo de qualquer um de vocês ter dito uma palavra.* A ideia é ancorar seu corpo no espaço para estar o mais presente que puder.

---

*. Se o contato visual direto não for possível ou for muito desconfortável, sugiro que fiquem de frente um para o outro, fechem os olhos e respirem simultaneamente por trinta segundos.

ESCUTA PROFUNDA

A escuta profunda é uma ferramenta essencial que o ajudará a se envolver com seu parceiro em um nível mais profundo depois que a conversa estiver em andamento. É a capacidade de deixar as palavras de seu parceiro entrarem em seu corpo e de perceber como ressoam lá dentro. A escuta profunda possibilita que você de fato permita que o outro entre, o que é a base necessária para qualquer interação verdadeiramente conectada. Antes de aprender a falar, você precisa aprender a ouvir.

Em seu nível mais básico, escutar profundamente significa *ouvir com sentimento* — sentindo a si mesmo e àquilo que o outro desperta dentro de você com toda a sua presença. Para conseguir escutar profundamente, você concentra sua mente e seu corpo no que seu parceiro está expressando. Você não está pensando no que dirá a seguir. Na verdade, se compromete com uma escuta profunda, você não está sequer pensando. Pelo contrário, toda a sua atenção está voltada para duas coisas: as palavras que seu parceiro está pronunciando e como você sente essas palavras em seu corpo.

Agora vamos esclarecer o que quero dizer com "sentir" ou "sentimentos". Não me refiro aos desejos. Refiro-me àquilo em que você acredita piamente. Há uma diferença entre os desejos e a sensação de saber de verdade. "Eu quero muito,

muito comer aquela pizza" é um desejo. "Eu não quero estar perto dessa pessoa porque ela é muito arrogante" também é um desejo. Muitas vezes confundimos sentimentos com desejos. Não estou falando de sentimentos superficiais. Refiro-me a momentos em que você apenas sabe de maneira intuitiva. É ouvir o que o corpo está sentindo profundamente em vez de reagir de maneira superficial.

Sabe quando você está fazendo compras, on-line ou no shopping, procurando um presente ou algo para casa, vê uma coisa e logo de cara sabe que é a opção perfeita? A melhor opção. Mas você diz a si mesmo que deve continuar procurando para ver se há algo melhor ou por um valor mais baixo. Então passa a hora seguinte vendo todas as outras lojas apenas para retornar à primeira coisa que viu. Ou quando você está em um lugar público e alguém chama sua atenção por algum motivo. Você não sabe por quê, mas tem a sensação de que deveria ir lá falar com a pessoa, ter alguma troca. E isso não vem de um desejo ou uma atração física; é outra coisa. Muitas vezes não faz sentido racionalmente, mas existe uma profunda sensação intuitiva de reconhecimento. Então você vai até lá e descobre uma bela coincidência ou acaba recebendo alguma informação útil pela qual estava procurando. Ou, no caso de não abordar a pessoa, ainda assim passa o resto do dia pensando nela, sem nenhuma razão ou justificativa. Esse é o nível de sentimento que você atinge quando está comprometido com o que chamo de *escuta profunda*. A confiança nesse sentimento que seu corpo e coração estão comunicando a você, assim como sua intuição. Não precisa fazer sentido. Tem sua própria lógica, que pode não ser compreendida por você agora, mas provavelmente será revelada mais tarde.

Então como fazer isso? Bem, é parecido com o que acontece quando você deixa seus pensamentos passarem por sua mente durante a meditação, mergulhando em seu corpo e tornando-se consciente de quaisquer sensações — físicas e emocionais — que surjam enquanto seu parceiro fala. Seus ombros ficaram tensos? O que o outro acabou de dizer deixou você ansioso? As palavras dele enviaram ondas de orgulho, saudade ou ternura a seu estômago? A pausa que se seguiu ao que ele disse lhe deu uma sensação de vertigem, como se estivesse à beira do precipício? Ao se concentrar apenas no que seu parceiro está dizendo e em como seu corpo responde, você se tornará tão presente na conversa que se conectará sem esforço com ele e com a forma mais elevada de seu ser.

•••

Neste momento, você pode estar se perguntando: "Como vou participar de uma conversa da melhor maneira possível se nunca tiver a oportunidade de refletir sobre o que vou dizer? Meu cérebro fala, não meu corpo. Como posso saber o que meu corpo está dizendo?". Essa é uma preocupação completamente compreensível. Estamos tão acostumados a confiar em nossa mente, e não em nosso corpo, que temos pouca ou nenhuma experiência em testemunhar a poderosa sabedoria que nossos sentimentos carregam. Mas, acredite em mim, está tudo nas emoções, vivo e muito bem. Sentimentos e emoções são armazenados no corpo. Tudo o que você precisa fazer para acolhê-los na conversa é desacelerar e abrir espaço para que os sentimentos falem por meio do corpo. Uma ótima maneira de fazer isso é prestar atenção à respiração. É profunda ou rasa? Para onde ela vai? Para onde ela não quer ir? Onde ela fica presa? Esses são indicadores de onde existe tensão em seu corpo e podem rapidamente levá-lo a uma escuta profunda.

Na era moderna, isso pode parecer uma tarefa difícil. À medida que nosso mundo se torna cada vez mais impregnado de tecnologia, há um impulso quase universal de acelerar, para que tudo seja tão eficiente e sob demanda quanto possível. Em um presente e em um futuro tão focados no *fazer*, a prática lenta e orgânica do *sentir* corre o risco de se perder. No mínimo, estamos enferrujados. Mas é nossa capacidade humana de sentir e de estar consciente de nossos sentimentos que nos diferencia da tecnologia e nos guia para algo mais profundo. Não importa quão avançada a inteligência artificial se torne, pensando mais rápido do que qualquer um de nós é capaz de compreender, ela jamais terá a mesma capacidade de sentir que nós. É uma superpotência inalienável de que todos partilhamos.

Sentimentos também vêm em seu próprio tempo. Não podem ser apressados nem acelerados até a velocidade de um supercomputador. Portanto, depois que seu parceiro terminar de falar e você terminar de ouvir — tanto as palavras dele quanto a maneira como essas palavras o fizeram se sentir —, não há problema se houver um momento de silêncio. Na verdade, eu encorajo a reservar um momento para deixar esse espaço aberto e fértil florescer. É nessa tela em branco de silêncio que você pode começar a formular sua resposta. E, se você pratica a escuta profunda, provavelmente não terá que pensar muito sobre o assunto. Frequentemente haverá uma resposta perspicaz esperando por você, que terá sido guiado para ela sem esforço pela intuição em seu corpo. Permita-se articulá-la, mesmo que não faça muito sentido. É o que seu corpo está lhe dizendo. Então diga o que sente e veja aonde isso leva. Pode ser que o leve a um lugar a que você não conseguiria chegar se apenas reagisse com sua mente e seus pensamentos cognitivamente processados.

Tomei consciência da escuta profunda pela primeira vez enquanto trabalhava como cineasta. Sempre que eu decidia fazer um documentário, acabava conduzindo horas e horas de entrevistas. Ao fazer perguntas e mais perguntas a meus entrevistados, comecei a perceber que, quanto mais atenção eu prestava em como as palavras da pessoa faziam com que eu me sentisse, melhores se tornavam minhas perguntas. Sempre que eu tentava me adiantar e entrar no piloto automático, sorrindo e balançando a cabeça enquanto eles falavam e eu vasculhava meu cérebro em busca da próxima grande pergunta a fazer, as perguntas que eu fazia eram geralmente desconectadas e superficiais. Não provocavam reações e afirmações perspicazes e recebiam respostas genéricas — coisas esperadas ou que não carregavam muito peso emocional. No entanto, se eu realmente me sintonizasse com meu interlocutor, comigo mesmo e com a conexão que se formava entre nós, eu me tornava tão presente na conversa que poderia sentir a próxima pergunta a ser feita. Ela viria intuitivamente até mim, manifestando-se sem esforço, bastava eu ouvir meu corpo. No início era difícil confiar que daria certo. Não foi fácil abandonar a necessidade que minha mente tinha de já ter a próxima pergunta na fila, esperando para ser encaixada na primeira brecha de silêncio que surgisse. Contudo, vi repetidas vezes que, se eu simplesmente mergulhasse em meus sentimentos e estivesse de fato presente com outra pessoa, a pergunta mais apropriada para aquele momento viria até mim. Acontecia com tanta facilidade e segurança que quase parecia que eu estava abrindo um portal para alguma coisa ou outro lugar. Chame de inconsciente coletivo, fonte, universo, eu superior ou o que fizer mais sentido para você, mas essas perguntas perfeitas pareciam vir de alguma outra consciência mais sábia fora de mim.

Quando realmente comecei a confiar que esse processo funcionava, eu me comprometi totalmente com ele. Conduzi entrevistas como essas durante anos, mas nunca havia de fato considerado dar um nome à ferramenta que encontrei até começar a trabalhar em {THE AND}. Eu havia acompanhado uma quantidade tão grande de conversas que comecei a perceber que era perigoso não praticar a escuta profunda. Percebi que, mesmo quando um participante prestava muita atenção ao que o parceiro dizia, se não estivesse sintonizado com as próprias emoções, tendia a responder com o que chamo de mantra cultural, ou programação social, em vez de algo que fosse fiel àquela interação ou àquele relacionamento de maneira específica.

Lembro-me de filmar uma série de conversas entre participantes que eram solteiros e estavam se vendo pela primeira vez para explorar se havia uma faísca romântica entre eles. Sempre que surgia a pergunta "Por que você acha que ainda estou solteiro?", um grande número de participantes rapidamente disparava a resposta automática: "Porque você ainda está se descobrindo". Isso aconteceu tantas vezes e em tantas conversas diferentes entre tantas pessoas completamente distintas, de todas as origens imagináveis, que eu simplesmente não conseguia acreditar que era uma resposta orgânica nascida de um participante que se conectava com sua verdade própria e única. Sentia que só podia ser um desses mantras culturais — algo que a sociedade nos programa para considerar a resposta apropriada em determinada situação.

Para início de conversa, será que isso é verdade? Estar sozinho é realmente a melhor maneira de nos descobrirmos no que diz respeito à maneira como nos relacionamos com os outros? Há melhor forma de descobrir quem você é além de se observar envolvido na dança de um relacionamento com outra pessoa, aprendendo com ela e com suas reações a ela? É por isso que é importante ignorar a mente e olhar para o corpo, onde residem os sentimentos, para promover uma conexão profunda e verdadeira.

Assim como "o *e*" alude ao espaço entre duas pessoas, também alude ao espaço entre a mente e o corpo. Essa conexão entre os sentimentos do corpo e a capacidade da mente de articular esses sentimentos é o espaço onde podemos mergulhar na escuta profunda. Conecte-se a seu corpo, ouça seus sentimentos e confie no que eles lhe dizem.

Mecânica da escuta profunda

- Concentre sua atenção de maneira consciente no que seu parceiro está dizendo.
- Mantenha-se curioso em relação a como você está se sentindo, física e emocionalmente, a cada instante.
- Não tente buscar uma resposta para dar até que seu parceiro conclua o que está dizendo.
- Quando ele terminar, fique atento a seus sentimentos e talvez a resposta ressonante esteja lá, esperando por você, mesmo que seja um silêncio incorporado e conectado. Lembre-se: não precisa fazer sentido. Simplesmente deixe o corpo falar.
- Prestar atenção à respiração é uma excelente forma de entrar em sintonia e se reconectar com seu corpo.
- Confie em sua intuição e em tudo o que vier à tona e, em seguida, compartilhe sem medo.

Se tem uma coisa que todo mundo sabe a respeito do filósofo francês René Descartes provavelmente é como ele abalou os alicerces do pensamento do século XVII ao declarar: "Penso, logo existo". Embora isso possa ter sido revolucionário na época, hoje em dia, em uma era em que o processamento cognitivo começa a se tornar cada vez mais um trabalho de computadores, acredito que os seres humanos — e especialmente as relações humanas — se beneficiariam enormemente se a famosa declaração de Descartes fosse alterada para: "*Sinto*, logo existo". Esse é um lema que poderia revolucionar a filosofia cognitiva e a forma como a ciência é moldada no século XXI.

ARTICULAÇÃO EMOCIONAL

Se você adentrar um espaço claramente delineado e explorar, por meio da escuta profunda, as respostas trazidas por perguntas poderosas e bem construídas, vai aprimorar o que chamo de articulação emocional. Essa é a prática de dar voz a nossas próprias emoções, de tal forma que seu poder e seu peso sejam sentidos por quem está ouvindo. Você já deve ter ouvido falar do termo (agora um pouco desatualizado) *inteligência emocional*, a habilidade de ser capaz de ler, compreender e ter empatia tanto com as próprias emoções quanto com as de outras pessoas. A inteligência emocional é importante para essas conversas, mas é apenas o primeiro passo. A articulação emocional exige a habilidade de compreender as emoções e as tira do reino abstrato, colocando esses sentimentos em palavras.

Aprender como expressar suas emoções de maneira honesta, articulada e inteligível para seu parceiro tornará suas conversas muito mais profundas. Mas fazer isso não é tão fácil quanto parece. Em nossa sociedade, é raro uma pessoa aprender essa habilidade ao longo da vida. Muitos de nós vivenciamos as emoções de maneiras diferentes, e muitos de nós temos dificuldade para expressar nossas emoções em palavras. Muitas vezes, quando tentamos fazê-lo, a sociedade desaprova a expressão sincera de nossos sentimentos, dizendo-nos que estamos falando de maneira clichê ou sendo "cafonas". Desaprender esse condicionamento é um processo. Assimilar a articulação emocional pode ser desconfortável no início, mas ter conversas como as descritas neste livro é uma oportunidade para aprimorar essa habilidade. Cada vez que senta com alguém e tem uma conversa conectiva, você descobre que fica mais fácil expressar seus sentimentos em palavras. Felizmente, não é necessário ser um mestre na articulação emocional para que essas conversas sejam bem-sucedidas, mas tê-las certamente vai melhorar sua habilidade de articulação emocional.

Lembro-me de ver meu cunhado jogar {THE AND} com sua filha uma vez. Estávamos todos sentados ao redor de uma grande mesa, logo após o jantar. Era época de Natal, e a lareira estava acesa e quente. Suas duas filhas adolescentes queriam muito jogar, então utilizamos a edição familiar. Meu cunhado é um homem gentil e generoso que valoriza a família acima de tudo, mas, quando sentou para jogar naquela noite, não tinha muita prática em articular suas emoções. A conversa entre nós foi se desenrolando, e, a certa altura, sua filha de 19 anos puxou um cartão com a pergunta "O que você mais aprecia em mim que eu não me dou conta?". Fizemos uma rodada por toda a mesa, compartilhando nossas reflexões. Quando chegou a vez de meu cunhado, deu para ver sua expressão mudar. Claramente, havia emoções intensas dentro dele, que queriam sair e se manifestar, mas ele não conseguia encontrar as palavras. Gaguejava e se engasgava, porém, quanto mais tentava expressar seus sentimentos pela filha, mais difícil se tornava para ele articulá-los. A onda de emoção atingiu uma represa e acabou escapando de seus canais lacrimais, porque ele não conseguia canalizar os sentimentos em palavras de maneira adequada.

Entretanto, foi um momento extremamente poderoso. Por meio do contato visual e da disposição dos dois sentados juntos naquele espaço, a essência da emoção foi transferida de pai para filha. Simplesmente nada foi articulado. Independentemente do que ele disse ou não, mesmo assim ela pôde sentir o amor de seu pai. Não teria sido um lindo presente se ele tivesse conseguido expressar em palavras as emoções que estava sentindo? Ao vivenciar aquele momento, meu cunhado teve a oportunidade de praticar a articulação emocional, alongando seus músculos de expressão para que da próxima vez pudesse chegar muito mais perto de expressar seus sentimentos sinceros em palavras.

Então, como aprendemos a fazer isso em nossas conversas? O melhor conselho que posso oferecer é que superar o desconforto natural, que muitos de nós sentimos ao expressar nosso eu emocional, exige prática, prática e mais prática. Felizmente, ao decidir iniciar a conversa descrita nas páginas a seguir, você já se deu a oportunidade de ouro de praticar essa habilidade. Ao fazer as 12 perguntas deste livro, preste atenção à facilidade ou à dificuldade com que você consegue traduzir o espectro de sentimentos que suas conversas provocam por meio das palavras. Brené Brown, aclamada professora e pesquisadora da Universidade de Houston e autora de best-sellers, diz em seu livro incrivelmente útil *Atlas of the Heart:* "A linguagem é nosso portal para a criação de significado, conexão, cura, aprendizado e consciência de si. Ter acesso às palavras certas pode abrir universos inteiros". É por isso que o esforço de seu livro é mapear cerca de 87 emoções com palavras. Ter um entendimento comum de quais palavras se conectam a quais emoções pode facilitar a compreensão mútua.

Enquanto você e seu parceiro fazem perguntas um ao outro, mantenha-se o máximo de tempo possível em um local de escuta profunda, que, como já disse, pode ser uma de suas maiores aliadas no fortalecimento da capacidade de articular as emoções de maneira honesta e fiel à sua perspectiva única. Você se lembra de como, ao ouvir profundamente, entra em contato com seu corpo, prestando atenção aos sentimentos intuitivos que surgem e permite que uma resposta certa para determinado momento apareça? Seguir seus sentimentos pode ter levado você a uma imagem ou a uma história de sua vida que, à primeira vista, parece não ter relação com a pergunta que acabou de ser feita. Não importa quão estranha ou tangencial a pergunta pareça, tente apenas seguir em frente. Comece a falar, não importa o que seja. Você pode começar com "O que me vem à mente é..." ou

"Quando sinto isso, eu...". Confie que sua intuição te guiou exatamente para onde precisa estar. Se você é alguém que tem dificuldades com a articulação emocional, este pode ser um exercício poderoso para conseguir expressar seus sentimentos por meio de metáforas e narrativas, duas das maneiras mais engenhosas de lidar com coisas tão expansivas quanto as emoções e colocá-las nos minúsculos recipientes que chamamos de palavras.

Além de ouvir profundamente a si mesmo, não se esqueça de prestar atenção em como as palavras de seu parceiro fazem você se sentir. Talvez perceba que ele tem um vocabulário emocional vibrante, assim você será capaz de adotar alguns dos seus métodos de autoexpressão em seu próprio processo. Às vezes, nosso parceiro pode ser um ótimo modelo para o nível de articulação emocional ao qual aspiramos e, quanto mais você se envolver nesse tipo de conversa com ele, mais aprenderá.

Outro recurso extremamente valioso para pessoas que modelam uma articulação emocional eficaz é o próprio {THE AND}. Convido você a conferir as centenas de vídeos de conversas que disponibilizamos no YouTube. Assista atentamente e veja onde você acha que os participantes estão se destacando ou tendo dificuldades de articulação emocional. Um bom ponto para começar é com os vídeos de Ben e Sidra, um casal que recorreu ao {THE AND} muitas vezes ao longo do relacionamento, e a habilidade dos dois de expressar seus sentimentos é fascinante de assistir.

Uma de suas conversas mais recentes para {THE AND} começa com Sidra — uma mulher alta e marcante cuja franja castanha termina logo acima dos olhos igualmente castanhos — perguntando a Ben: "O que eu fiz este ano que mais te surpreendeu?". Ben respira fundo, levanta os olhos verde-acinzentados para o teto por um momento e se permite mergulhar em seus sentimentos. Eles o levam a uma memória poderosa, que ele compartilha com riqueza de detalhes e com total envolvimento emocional.

"Eu estava mexendo em sua mochila", começa ele, e depois cai na gargalhada enquanto acrescenta apressadamente: "porque você me pediu para pegar uma coisa!"

Na mochila de Sidra, Ben encontrou uma bagunça que ele descreve de forma bem-humorada como um "ninho de furão". Transbordava com as partículas da vida de Sidra, escondidas às pressas e havia muito esquecidas, incluindo "uma banana completamente podre. Já estava havia um mês lá, não era coisa de uma semana". Ben abre espaço para um momento de risadas compartilhadas entre ele e a parceira antes de deixar sua conexão emocional com a lembrança levá-lo de volta a um estado menos lúdico e mais sério. O sorriso desaparece, e uma intensidade apaixonada surge no olhar conforme ele segue adiante, rumo ao cerne da história.

"Ao mesmo tempo, você estava ao telefone com o corretor de seguros, falando sobre o incêndio, e eu estava ouvindo." Em um piscar de olhos, todo o seu corpo é tomado de alegria, da cabeça aos pés. Sorrindo para Sidra, ele continua: "Foi como observar duas realidades aparentemente incapazes de existir ao mesmo tempo e que faziam parte da mesma mulher... Foi ver você simplesmente executar, executar, executar, com um bebê no colo e todas as outras coisas que tinha em mãos, e também ser uma mãe incrível ao mesmo tempo".

Para mim, o corpo de Ben transmite suas emoções internas à parceira da maneira mais completa possível. A felicidade pura que ele sentiu ao ver a esposa atravessar de maneira leve uma situação exaustiva é visível pelos gestos, pelos movimentos e por cada músculo sorridente do rosto. A admiração que ele sente pela força de Sidra, em comparação a uma mochila que mostrava claramente quão estressante e agitada a vida estava sendo para ela naquele momento, transborda de seus olhos. O amor que ele sente pela competência e pela vulnerabilidade dela e a alegria que sente por poder testemunhar ambas ao mesmo tempo são evidentes.

Ao contar essa história, Ben mostrou a nós e a Sidra exatamente como se sente em relação a essa lembrança. Mas ele não para por aí. Ben conclui dizendo: "Só de ver você fazendo as duas coisas, ao mesmo tempo, foi uma verdadeira alegria para mim". Ao fazer isso, ele colocou as emoções que fluíam por seu corpo e saíam de seus olhos em uma simples palavra. Ben precisa nomear explicitamente sua emoção como alegria? Sidra já não havia testemunhado a alegria dele se manifestando de várias outras maneiras? Existem muitas maneiras não verbais de transmitir as emoções, e todas elas podem servir como pontos de conexão valiosos e poderosos na comunicação entre parceiros. As palavras são apenas um método para articular nosso amor. Embora eu nunca tenha a intenção de sugerir que são as mais importantes ou mais eficazes, apenas observe a forma como Sidra reage quando Ben diz a palavra *alegria* em voz alta. A expressão amorosa com a qual ela já olhava para Ben — olhos marejados de lágrimas de felicidade e um sorriso de lábios fechados — se expande ainda mais. No instante em que Ben articula sua emoção, o sorriso dela se abre e se estende por todo o seu rosto. Ela até se move um centímetro para trás, como se tivesse sido atingida pela força da alegria expressada por Ben e atravessada por ela.

Embora mesmo em uma conversa — uma interação construída principalmente a partir de palavras — existam muitas maneiras diferentes de compartilhar nossos sentimentos com nossos parceiros, por que não se esforçar para aprimorar a habilidade de articulação emocional para que você possa dar ao seu parceiro o mesmo presente que Ben foi capaz de dar a Sidra? No início, pode parecer desconfortável pegar o jeito da articulação emocional, mas pense em adquirir essa habilidade como um ato de serviço que está prestando a seu parceiro e a todos em sua vida. Colocar em palavras nossos sentimentos pode ser um dos maiores presentes que podemos dar uns aos outros. Mas, se você descobrir que simplesmente não há palavras para expressar seus sentimentos, um simples momento de silêncio conectado é articulação suficiente. Fixe seu olhar no de seu parceiro. E deixe suas emoções fluírem pelo espaço entre vocês.

II: AS 12 PERGUNTAS

Aqui estão as 12 perguntas que já vi aprofundar de maneira consistente a conexão entre duas pessoas; e, mais importante, por que e como elas funcionam. Minha intenção é que você leia este livro e depois consulte estas perguntas antes de iniciar uma conversa íntima com seu parceiro, fazendo cada pergunta um ao outro de maneira alternada. Se tiver dúvidas em algum momento, consulte "Solução de conflitos" (p. 242).

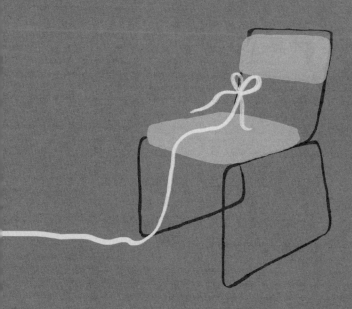

PERGUNTA 1:

DENTRE AS LEMBRANÇAS QUE COMPARTILHAMOS, QUAIS SÃO SUAS TRÊS FAVORITAS E POR QUE VOCÊ AS VALORIZA?

Você e seu parceiro estão prestes a entrar em uma conversa catártica, que às vezes pode ser como enfrentar uma tempestade de emoções, ou uma cirurgia de peito aberto, ou como ser inundado pela pura alegria inerente à conexão entre vocês, ou, ainda, todas as opções ao mesmo tempo. Sim, pode ser muito. Portanto, antes de mergulhar nas profundezas dessa conexão, é importante lembrar por que esse relacionamento existe, antes de tudo. Embora certas qualidades possam atraí-lo em um parceiro, são as experiências que as pessoas criam juntas que constituem a base de qualquer relação. Ao reviver essas experiências juntos, o amor e a confiança sobre os quais seu relacionamento foi construído são trazidos à tona, fortalecendo a união para as novas experiências que estão por vir.

Uma árvore é tão forte quanto suas raízes. Quanto mais fundo essas raízes penetram na terra, mais alto a árvore pode crescer e mais resistente se torna às intempéries. Uma conversa entre parceiros não é diferente. Se estiver firmemente fundamentada no amor e na confiança a partir dos quais o relacionamento floresceu, terá uma base forte o suficiente para brotar ramos extensos, estendendo-se por territórios desconhecidos, inexplorados e até mesmo desconfortáveis, mas sempre capaz de resistir a qualquer tempestade que possa surgir.

Esta primeira pergunta serve para ancorar o relacionamento em um espaço positivo, reforçando a conexão entre você e seu parceiro, lembrando a ambos o alto nível de profundidade e entrelaçamento de suas raízes, em virtude das lembranças queridas que vocês criaram juntos.

Um retorno às primeiras faíscas

A conversa que você está prestes a ter foi cuidadosamente planejada para traçar a jornada do relacionamento, desde onde começou até o futuro que vocês sonham ter juntos. Esta pergunta te convida a se aventurar outra vez no passado compartilhado por vocês, refazendo os passos memoráveis que deram e que os conduziram aos dias de hoje.

Um relacionamento existe em uma contínua flutuação entre o passado e o futuro. Começa no ponto A, com os parceiros se apaixonando, e, enquanto durar, avança em direção a um distante ponto Z — as esperanças e os desejos para o futuro que esses parceiros partilham —, com muitos pontos intermediários. Mas o ponto Z nunca será de fato alcançado, pelo menos não até que haja um término. À medida que a relação e as pessoas nela mudem, seguindo a própria jornada pela vida, novos sonhos e planos continuarão a surgir, empurrando esse ponto Z cada vez mais para o futuro. Portanto, um relacionamento está sempre flutuando em algum lugar entre esses dois pontos — onde você começou e para onde está indo. E esse espaço entre um ponto e outro também está em fluxo constante. É como um vasto mar, repleto de ondas de experiências, desafios e aventuras sobre as quais se pode navegar. Você se move sobre ele, mas ele próprio está em movimento, acelerando, desacelerando e alterando o curso dessa jornada compartilhada.

Embora o ponto Z esteja sempre além do horizonte e o ponto onde você se encontra no momento mude a cada instante, o ponto A do relacionamento é estável, enraizado nas boas lembranças que vocês criaram e compartilham. Pense nele como uma bela cidade litorânea onde tudo começou. À medida que vocês navegam pelo presente, fustigados pelas mudanças e pelas ondas violentas da vida, pensar naquela cidade pode ser mais do que apenas um conforto; pode ser tanto uma base como uma força orientadora para você e seu parceiro ao longo dessa aventura.

Para entender melhor onde você está e para onde vai, é importante se lembrar de onde veio. E não é algo necessariamente fácil de ser feito no dia a dia. Sem dúvida, o mar que vocês navegaram juntos os levou para longe de onde começaram. O relacionamento é diferente do que era quando vocês se apaixonaram. Talvez o mar tenha se acalmado, se tornado mais tranquilo ou, talvez, mais estável do que antes. Ou talvez vocês estejam navegando em alto-mar, um oceano revolto com ondas imensas, emocionante, assustador ou as duas coisas ao mesmo tempo.

Independentemente de onde estejam agora, a jornada está repleta de memórias que só vocês dois, em virtude de sua sinergia, poderiam criar. Olhar para o início e ver até onde chegaram juntos gera confiança entre os parceiros. Além disso, é um reconhecimento da conexão entre vocês. Vocês criaram momentos que não teriam sido iguais com mais ninguém, e essa conexão distinta entre vocês criou uma sinergia, resultando em lembranças tão únicas quanto uma impressão digital própria do relacionamento. Com todas as tempestades e crises da vida, às vezes acabamos esquecendo quais possibilidades específicas existem por causa daquela união, e o que solidificou seu amor pela pessoa com quem você agora compartilha seus dias. Como esta pergunta exige concentração em memórias queridas, ela destaca para você e seu parceiro aquilo que só foi possível porque vocês compartilharam espaço e tempo juntos e, consequentemente, solidificaram a conexão para se manterem firmes no momento presente.

Ao responder a esta pergunta, pode ser que você descubra que as três memórias que escolheu compartilhar são diferentes daquelas que seu parceiro selecionou, ou que um de vocês é lembrado de uma memória maravilhosa da qual havia se esquecido até a pergunta trazê-la de volta. Divirtam-se juntos enquanto ajudam um ao outro a fortalecer a base desse amor,

> **"Algo em você me lembra do que é ser humana... daquilo que é mais bonito em ser humana."**
> – Gabrielle
>
> "Namorando depois de oito anos de amizade"
> Leia o QR code para assistir à conversa.
>
>

revivendo esses momentos de conexão, e tenham em mente que o tipo de memórias que vocês criaram juntos fala do tipo de memórias que continuarão criando juntos. Essa união única cria uma sinergia que tem o poder de transformar qualquer momento que vocês compartilharem em uma lembrança querida que ambos recordarão com carinho. Quem sabe essa conversa possa se tornar uma delas?

Quando os participantes retornam ao {THE AND} para uma segunda ou uma terceira conversa, geralmente fazemos com que eles revisitem essa pergunta em cada uma das sessões. Quase sempre, as lembranças que selecionam são diferentes. Embora a questão seja sobre o passado, permita que ela também seja um lembrete de que você e seu parceiro estão sempre criando momentos novos. Deleitar-se com esses momentos queridos é um lembrete de que novas memórias, igualmente doces, estão constantemente surgindo.

Kat & Christina: inserindo novas risadas em sua história

Uma bela análise em torno desta pergunta surgiu durante a conversa entre Kat e Christina em {THE AND}. Casadas havia cinco anos, as duas jovens mulheres tinham muitas lembranças maravilhosas para escolher.

Depois que Kat faz a pergunta, os olhos castanhos de Christina se arregalam por trás dos óculos. Depois ela os aperta com força, as longas tranças emoldurando seu rosto enquanto busca os momentos que deseja compartilhar.

"É difícil porque são muitos!", diz ela, batendo as unhas compridas no queixo enquanto pensa. Kat ri e joga a cabeça raspada para trás, dando a Christina espaço para vasculhar o passado que compartilham. Aposto que Kat também está repassando um compêndio de experiências compartilhadas, curiosa para saber quais delas a parceira escolherá.

"Acho que vou escolher as memórias que me fizeram dar risada", decide Christina. Ela conta quando uma vez acidentalmente quase invadiram uma casa juntas, e, de imediato, ao contar a história, a risada que Christina experimentou naquele momento passado é transferida para Kat no presente. Kat abre um enorme sorriso e começa a rir, revivendo aquela desventura.

"Tem quando descobri que estava grávida de Jackson", continua Christina. "Aquilo foi surreal. Sério, eu fiquei tipo: 'Ei!'. Realmente funciona. Óvulo e esperma. Eu fiquei tipo: 'Uau! Que demais!'." Mais uma vez, ela faz Kat dar risada, e desta vez Christina se junta a ela. Fico com a impressão de que, a cada lembrança que as duas compartilham, a conexão entre elas fica mais forte. Elas começam a se espelhar, rindo ao mesmo tempo, inclinando a cabeça no mesmo ângulo, trocando sorrisos brilhantes.

"Está bem, são dois." Christina se interrompe para pensar. "Talvez a longa viagem para Nova Jersey em que levamos duas ou três horas para chegar naquela casa e [nos perdemos] no milharal. Depois pegamos uma carona esquisita com um desconhecido, e me perguntei se acabaria morta." Mais uma vez, a história de Christina provoca risadas em Kat, mas agora é uma risada de descrença. Kat arregala os olhos em choque. Tenho a sensação de que está pensando que aquela não era uma memória particularmente positiva ou querida, pelo menos não para ela. Era uma lembrança assustadora.

"Uau", diz ela, expressando sua surpresa por aquela ser uma memória que Christina aparentemente adora.

"Foi divertido porque eu estava com você!", explica Christina. "E nós sobrevivemos." Um segundo depois, Kat olha para baixo. Assente. Sorri. Será que uma experiência da qual ela sempre havia se lembrado de forma negativa tinha acabado de ser completamente reformulada de modo a ser uma fonte de riso e alegria para ela? Ouvir a perspectiva de sua parceira em relação à história havia permitido que Kat reescrevesse a sua?

A virtude de um segundo ponto de vista

Nosso passado é uma coleção de momentos dos quais nos recordamos. Mas, à medida que esses momentos ocorrem, até que ponto você tem consciência de que está criando e construindo memórias? Às vezes é preciso que outra pessoa os reflita de volta para você, para que se lembre da riqueza da vida. Um dos maiores presentes de qualquer relacionamento é a oportunidade de atravessar a vida com um parceiro que vai ajudar você a registrá-la e oferecer uma perspectiva diferente sobre os momentos mais importantes.

Veja o que aconteceu entre Kat e Christina. A perspectiva de Christina em relação ao passado compartilhado teve um efeito no conteúdo emocional da lembrança de Kat sobre aquele evento. Não podemos ter certeza, mas talvez, agora que tem uma compreensão mais completa de como a parceira vivenciou o acontecimento, a memória de Kat tenha mudado para sempre. Certamente já vi isso acontecer bastante em minha vida. Meu irmão — apenas um ano e três meses mais novo que eu — foi um dos maiores presentes que meus pais me deram, exatamente por esse motivo. Em razão de nossa proximidade etária, ele esteve comigo em milhares de momentos importantes. Sempre que o ouço recontar uma de nossas experiências compartilhadas a partir da perspectiva dele, sinto minha memória ser colorida com novas emoções e detalhes que simplesmente não existiam para mim antes. De repente, meu passado ganha mais profundidade, mais contexto e mais significado.

Por mais incrível que seja criar novas lembranças com as pessoas que amamos, não é curioso que, ao revivermos as antigas em uma conversa, acabemos por recriá-las também? Se enxergarmos nossa vida, até mesmo nossa identidade, como um acúmulo de experiências, então, quanto mais ricas e vibrantes forem essas memórias em nossa mente, mais alegre e próspera nossa vida pode se tornar. Além disso, nossas lembranças mudam com o tempo. Ao falar sobre elas com nossos parceiros, somos capazes de perceber em que pontos nossas respectivas recordações do passado divergem e, portanto, perceber as coisas que são mais importantes para cada um de nós. O que escolhemos lembrar diz muito sobre o que cada um de nós mais valoriza.

Sugestões para absorver esta pergunta

Às vezes, quando esta pergunta é feita, os participantes têm dificuldades para encontrar as lembranças certas para destacar. Quebram a cabeça em busca da experiência perfeita — a lembrança mais querida ou o momento mais profundo. Contudo, procure ter em mente que não existe uma resposta certa para esta pergunta. Quaisquer memórias que surjam são as certas para a conversa que está acontecendo naquele momento.

Se você tiver dificuldade de se decidir em relação a um episódio, tente fazer a escuta profunda. Não tente pensar em qual história você deseja compartilhar e concentre-se em suas emoções. Elas vão guiá-lo até as três lembranças ressonantes mais adequadas para o momento exato em que a conversa está ocorrendo.

PERGUNTA 2:

QUAL FOI SUA PRIMEIRA IMPRESSÃO SOBRE MIM E COMO ELA MUDOU AO LONGO DO TEMPO?

Muitas vezes nos apaixonamos pela primeira impressão que temos de nosso parceiro, por aquela história inicial que contamos a nós mesmos sobre quem ele é. Quando isso acontece, não é incomum que o resto do relacionamento se torne uma conversa com aquela ideia original que primeiro nos atraiu — e também um desafio. É como uma âncora que acabamos arrastando conforme navegamos pela vida, que inevitavelmente nos leva em direção à mudança.

Aquela primeira impressão que nos atraiu em nosso parceiro é duradoura, para o bem ou para o mal. E, no entanto, não importa quão poderosa seja a primeira impressão, ela vive apenas em sua mente. Sem dúvida, seu parceiro mudou desde o primeiro encontro, e você também. Não são as mesmas pessoas que um dia se apaixonaram. Você está se apegando aos fantasmas desses dois amantes? Essa âncora no passado está impedindo um ou ambos de crescerem rumo a novas versões de si mesmos? Qual foi a primeira história que você criou sobre quem era essa outra pessoa e como a história está evoluindo à medida que vocês crescem juntos e individualmente?

Seguir o fluxo da mudança ou nadar contra a corrente?

À medida que vocês vivem juntos, o desenrolar da narrativa do relacionamento desafia constantemente a primeira impressão que você teve de seu parceiro. Revisitá-la coloca essa imagem em forte contraste com a pessoa sentada à sua frente, permitindo que você veja o caminho de mudança a partir de uma perspectiva abrangente. Talvez certas mudanças de seu parceiro tenham sido muito graduais. Talvez você mal as tenha notado ou não tenha dado importância a elas. Ou talvez você não quisesse reconhecer essas mudanças porque elas se afastam ainda mais da versão da pessoa por quem se sentiu atraído lá no começo. Alguns de nós, ou alguma parte de nós, desejamos manter tudo exatamente como era, sem que nada mude. Ao responder a esta pergunta, a oportunidade é a de explorar todas as mudanças pelas quais você e seu parceiro passaram em sua totalidade, conscientizando-os de como cada um muda como indivíduos. Isso permite que os dois sejam capazes de viver no constantemente mutável presente do relacionamento, em vez de nadar no contrafluxo em direção ao passado.

Ao trazer à tona a primeira impressão que teve de seu parceiro, você naturalmente começará a se perguntar sobre como tem se relacionado com essa imagem — essa pessoa que não existe mais, porém talvez ainda ocupe muito espaço em sua mente e em seu coração. Essa é a pessoa por quem você ainda está apaixonado? Você está mantendo seu parceiro preso ao padrão ou à história da pessoa que foi um dia, em vez de valorizar as mudanças que o transformaram em quem é agora? Ou ele está mudando de uma forma destrutiva, uma que pode ser melhorada a partir da sua atenção ou da sua intervenção?

Ou a maneira como o outro mudou ao longo do tempo é o que faz com que você mais se orgulhe dele? Talvez observar essas mudanças de maneira consciente lhe dê a oportunidade de mostrar a seu parceiro que você está ciente da bravura, da força e do crescimento dele há algum tempo. Você lhe disse isso recentemente? Será que agora é o momento perfeito para oferecer esse tipo de reconhecimento fortalecedor?

Qualquer que seja o caso, permita que a consciência crescente das mudanças aumente a confiança entre vocês. Essas mudanças são a prova de tudo o que passaram — placas e marcos da jornada que percorrem juntos —, lembrando que o que é importante hoje pode não ser amanhã, e vice-versa.

Cat & Keith: vendo a diferença

Quando Keith pergunta a Cat quanto ele mudou durante a conversa para o {THE AND}, Cat ergue as sobrancelhas, observando a versão atual do parceiro sentado à sua frente. "Muito", responde ela, referindo-se ao cabelo cortado rente, às orelhas furadas diversas vezes e aos atentos olhos verdes que combinam com a camisa de botão e a gravata igualmente verdes. "Muito mesmo."

Um sutil lampejo de orgulho passa pelo rosto de Keith quando ele percebe o reconhecimento da parceira pela longa e complicada jornada que teve. Cat vai ainda mais fundo, elaborando: "Você sabe, tem a parte física, por ter feito a transição de gênero". A voz dela diminui nesse ponto. Claramente ela está prestes a ir mais longe, e, pressentindo isso, Keith se inclina na direção dela, curioso em relação a quais mudanças ela havia notado que talvez ele não tivesse visto no espelho. "Você sempre teve paixão pelo seu trabalho", prossegue Cat, balançando o cabelo preto para a frente e para trás enquanto espera as palavras chegarem até ela. "Mas acho que tem ainda mais hoje em dia. Acho que você é mesmo um empresário de verdade agora... E, olha, você adora isso."

Um enorme sorriso se espalha pelo rosto de Keith enquanto Cat compartilha como ela o vê. Como deve ser para ele ouvir a parceira dizendo em voz alta que o viu crescer e se tornar uma versão de si mesmo que ele ama? Pelas expressões, ele parece estar experimentando uma verdadeira sensação de

> **"Sinto que nosso relacionamento é o alicerce da minha vida."**
> – Ben

"O momento mais difícil de nosso casamento"
Leia o QR code para assistir à conversa.

alívio ao ouvir que a transição não foi apenas física, que agora o verdadeiro Keith é capaz de ser visto e notado pelo mundo exterior de uma forma que não acontecia antes.

"Fico feliz em ouvir você falar isso", diz Keith. "Às vezes não sei se você enxerga a diferença."

Keith e Cat nos mostram como perceber e discutir a forma como alguém mudou pode ser um presente fortalecedor. Quando estamos trabalhando em nós mesmos, nos esforçando para mostrar ao mundo uma versão mais gentil, mais forte ou mais verdadeira de quem somos, nem sempre é fácil saber se estamos alcançando nossos objetivos. O olho não pode ver a si mesmo. No entanto, quando nosso parceiro, muitas vezes nosso confidente mais próximo, nos diz honestamente que sim, estamos crescendo, estamos mudando, estamos nos tornando a pessoa que queremos ser, isso não é um alívio? Não é esse o melhor incentivo que existe para seguir em frente?

Mas esta pergunta pode criar a oportunidade para muito mais do que um reconhecimento, e a poderosa interação entre Keith e Cat também nos mostra isso. À medida que continuam a discutir a transição de Keith e as mudanças pelas quais ele passou, surge a dúvida em relação ao que pode acontecer se mais dessas mudanças não ocorrerem ou não acontecerem rápido o suficiente. Cat ofereceu a Keith um encorajamento fortalecedor para continuar no caminho em que está, mas o que aconteceria se ele parasse de seguir nessa direção? O que aconteceria se ele escolhesse uma trilha diferente?

"Tenho expectativas com base em meus relacionamentos anteriores", diz Cat a Keith. "A forma como as coisas aconteceram. A maneira como as pessoas mudam. Como fazem as coisas. Então, às vezes, tenho medo de que não aconteça. Ou de perder a paciência."

Enquanto Cat diz isso, Keith olha para ela com atenção, movendo as mãos nervosamente, com os olhos arregalados. Ele se inclina para a frente, cem por cento atento, com o nariz vermelho de expectativa. Parece que Cat não é a única que tem medo desse assunto. Será que Keith está achando que Cat está prestes a lhe dar um ultimato? Algum tipo de cronograma que sua mudança precisa seguir para que o relacionamento deles tenha futuro?

"Mas", continua Cat, "mesmo que isso não aconteça, eu ainda quero estar com você. E você deveria saber disso."

"Eu não sabia disso", diz Keith. O nervosismo e o medo que pareciam estar se acumulando dentro dele dão lugar a um profundo suspiro de alívio e a olhos lacrimejantes. "Obrigado por me dizer isso. Eu não sabia."

Já dá para perceber que esse momento de comunicação e esclarecimento abriu portas para novas possibilidades no relacionamento deles que não existiam antes.

A constante descoberta do outro

A mudança é uma força poderosa na vida. Na verdade, é a única constante. A única garantia na vida é que as coisas mudam, e o único momento em que a mudança não acontece é quando morremos. A mudança pode segurar as rédeas de nossas expectativas. Pode nos encher de nostalgia, gratidão, raiva ou alívio. No entanto, perceber como ela entra em sua vida e em seu relacionamento também permitirá aumentar sua compreensão em relação a seu parceiro e à humanidade como um todo.

A passagem do tempo e o subsequente aprofundamento do conhecimento sobre o crescimento da pessoa amada podem muitas vezes recontextualizar os momentos que vocês compartilharam. Prestar atenção nesse processo e apreciá-lo pode lhe dar mais um motivo para ser grato pelas mudanças na maneira como você vê seu parceiro, conforme você passa a conhecê-lo. Refletir sobre acontecimentos que você achava ter compreendido na época pode de repente oferecer uma perspectiva surpreendente ou levemente diferente acerca de uma memória compartilhada.

Aqui está um exemplo que pode parecer familiar. No início de um relacionamento, seu parceiro lhe conta uma história, algo sobre ele. Um ano depois, conta outra vez a mesma situação. Quando ele recontar a história, pode ser que você pense: *Bem, eu já ouvi isso, você está apenas se repetindo*. Sim, de fato você já ouviu, mas o significado da história mudou, porque a sua compreensão da pessoa que a conta também mudou. De repente, você é capaz de ter uma versão mais clara e completa de seu parceiro protagonizando a história, porque você tem uma compreensão maior do contexto e de quem ele é. O que significava uma coisa agora significa outra. Outro exemplo simples: em seu primeiro encontro, vocês andaram de montanha-russa e se divertiram muito. Então, um ano depois, você descobre que seu parceiro tem muito medo de montanha-russa, mas se fez de corajoso para causar uma boa impressão. É quando a atitude dele naquele primeiro encontro assume um significado totalmente novo. Ele enfrentou um medo. O que parecia ser um simples momento divertido foi, na verdade, alguém enfrentando corajosamente os próprios temores para se conectar com você, e agora você pode valorizar essa atitude muito mais do que no início.

Os seres humanos raramente são tão simples quanto parecem. Leva tempo para remover as camadas que todos nós carregamos, além de ser necessária a construção de uma intimidade verdadeira. A primeira impressão sobre alguém é o que nos atrai, mas a forma como nos relacionamos com essa impressão pode mudar, se aprofundar e se expandir com o tempo. Você está ciente desse processo? Está percebendo a onda de mudanças pelas quais o outro está passando? Está sempre redescobrindo seu parceiro? Nos relacionamentos românticos mais vibrantes, um procura se manter consciente de que o outro está em constante mudança, mantendo-se presente na constante descoberta do outro.

Sugestões para absorver esta pergunta

À medida que essas perguntas e as emoções associadas a elas surgirem, observe-as com carinho. Você luta contra a inclinação natural de seu parceiro para a mudança, querendo que ele continue como era antes? Ou, pelo contrário, ver a maneira como seu parceiro cresceu enche você de alegria? Permita que esta seja uma oportunidade de perceber se você está ou não tentando se apegar ao passado ou navegando no presente.

Mudanças são naturais e inevitáveis, algo a ser valorizado e um lembrete de quão longe vocês chegaram. Portanto, tente olhar para as mudanças que percebe de forma curiosa e objetiva, em vez de fazer julgamentos de valor. Você pode se surpreender com o que vai descobrir se estiver consciente dessas mudanças, em vez de se apressar em julgá-las. À medida que seu parceiro envelhece, você pode se sentir inseguro sobre não se sentir atraído pelo corpo dele da mesma forma que antes. Mas talvez a maneira única como ele evoluiu seja ainda mais atraente para você, uma beleza que é especificamente preciosa para seus olhos quando você a contempla. Talvez seu parceiro ganhasse muito dinheiro e, agora que decidiu correr atrás de um sonho menos lucrativo, porém mais gratificante emocionalmente, certas coisas em seu relacionamento se tornaram mais difíceis. Observe se a decisão dele de seguir essa paixão o deixa orgulhoso ou se isso faz com que você guarde ressentimento, e então reflita sobre qualquer sentimento que essa observação gere dentro de você. Tente lembrar que cada mudança percebida é simplesmente uma realidade de quem é seu parceiro agora. Não tem como voltar atrás. Você é capaz de aceitar isso? Melhor ainda: você é capaz de valorizar isso?

PERGUNTA 3:

QUANDO VOCÊ SE SENTE MAIS PERTO DE MIM E POR QUÊ?

Ao longo desta conversa, você e seu parceiro revisitarão, reimaginarão e discutirão alguns dos momentos cruciais do relacionamento. No início, cada um terá compartilhado três lembranças específicas, pilares do amor que construíram juntos. Vocês dois as escolheram porque elas se destacam como especiais. Mas, em razão dessa natureza especial, são fora da curva — coisas que não acontecem todos os dias ou toda a semana.

Por mais importante que seja valorizar coisas grandes — os pilares do amor que sustentam vocês —, a argamassa que mantém um relacionamento no lugar durante os altos e baixos da vida é feita de momentos muito menores. São as doses recorrentes de intimidade que mantêm vocês unidos. Às vezes, elas podem ser tão pequenas que você nem percebe que estão acontecendo. Assim como momentos simples, mas doces da vida, que podem passar por nós antes mesmo de nos darmos conta deles. E é aqui que entra a atenção plena. Por mais clichê que possa parecer, parar e dedicar um tempo para notar a sensação do sol no rosto, o sabor de um gole de água quando se tem muita sede ou a beleza mágica que há na dança da chama de uma fogueira pode ser a diferença entre abraçar profundamente a riqueza da vida e deixá-la escapar por entre os dedos. Um relacionamento não é diferente. Seja uma tradição semanal de noites de cinema, um beijo que vem no final de um longo dia, aquela piada interna absurda que sempre dá crise de riso em vocês, ou mesmo apenas lavar a louça juntos depois de uma refeição feita em casa, esses momentos simples, os de conspiração compartilhada, podem ser os pontos de conexão mais poderosos entre parceiros. São como a argamassa na parede da conexão entre vocês.

Esta pergunta é uma oportunidade para você se concentrar e identificar aqueles simples momentos de proximidade, para levar, de maneira plena, a própria consciência a um nível de intimidade tão profundamente integrado ao relacionamento que é fácil de ignorar, apesar de seu poder de conexão.

Sua conexão única está escondida a olho nu: como encontrá-la?

As duas primeiras perguntas desta conversa lentamente trouxeram você e seu parceiro do passado para o momento presente de seu relacionamento. Ao abordarmos o aqui e agora que habitam juntos, esta questão os tira de um modo reflexivo e os leva a um modo de observação plena. Observe que a pergunta é: "Quando você se *sente* mais perto de mim?", em vez de "Quando você se *sentiu* mais perto de mim?". A ideia aqui é buscar momentos que se repetem, que se desenrolam continuamente em seu dia a dia. Esta é uma oportunidade para vocês dois observarem o relacionamento em ação e explorarem como essa ação os mantém unidos dia após dia, por mais ondas que o mar da mudança atire em seu caminho.

Assim como cada relacionamento, cada vida e cada pessoa são únicos, esses momentos são seus e somente seus. Não importa quão repetitivos ou banais possam parecer a princípio: entrelaçada em sua simplicidade está a beleza singular da intimidade que você compartilha com seu parceiro. Mesmo que sua resposta seja algo bastante óbvio, como "Quando fazemos amor", preste atenção ao motivo da escolha e verá que são os detalhes específicos entrelaçados no momento recorrente que você selecionou que desencadeiam seu sentimento de proximidade com seu parceiro. Esses detalhes são exclusivos da conexão entre vocês. Não estariam lá se você tivesse compartilhado aquele momento com alguém que não fosse a pessoa com quem está conversando. Ao responder a essa pergunta, deixe que o compartilhamento desses momentos puxe os fios de suas expressões específicas de intimidade, arrancando-os da tapeçaria de seu relacionamento para uma inspeção mais detalhada. É fácil deixar escapar as complexidades de uma conexão humana quando você não está olhando de perto, mas são elas que lhe conferem força e energia. Revisitar esses pequenos momentos juntos lembrará a você e seu parceiro o que há de especial entre vocês e de como pode ser simples fortalecer esse vínculo a qualquer momento com um novo ponto.

Independentemente das mudanças que você e seu parceiro notaram um no outro ao responder à pergunta 2 (Qual foi sua primeira impressão sobre mim e como ela mudou ao longo do tempo?), esses momentos de intimidade que estão debatendo agora continuam a ocorrer na vida que compartilham. Assim, permita que a pergunta 3 seja uma forma de demonstrar que, apesar de quaisquer mudanças que cada um tenha sofrido, a possibilidade de ter momentos regulares de intimidade não apenas ainda existe, mas também continua a ser ativada pelo relacionamento. As linhas únicas que compõem a impressão digital desse amor ainda estão lá.

Maddi & Martin: como se apropriar do momento

Maddi e Martin namoravam havia pouco mais de um ano quando sentaram para ter uma conversa filmada para o {THE AND}. Ambos são jovens e têm o mesmo sorriso aberto e convidativo, tons quase idênticos de cabelo castanho-claro — o dele, longo e encaracolado, o dela, curto e ondulado — e olhos azul-claros. Quando Martin faz essa pergunta a Maddi, ela respira longa e profundamente. É possível vê-la vascu-

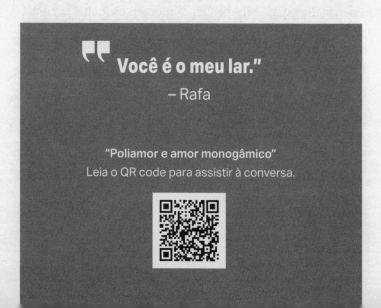

" Você é o meu lar."
– Rafa

"Poliamor e amor monogâmico"
Leia o QR code para assistir à conversa.

lhando o catálogo mental de momentos com Martin, em busca daquele que deseja compartilhar. Não demora muito para encontrá-lo e, quando o faz, começa a rir. "É meio estranhamente específico", diz ela, em meio a risadas. "E geralmente você está dormindo."

Ela prossegue e conta a Martin que, depois de terem uma briga ou passarem por uma experiência difícil juntos e de terem adormecido em lados opostos da cama, sem se sentirem particularmente conectados, ela tende a acordar no meio da noite. Nesses momentos, percebe que o fato de Martin ainda estar ao lado dela é muito mais importante para ela do que qualquer que seja o motivo do conflito. É quando se sente mais próxima dele, em um momento privado mas poderoso de reconciliação, observando o parceiro dormir.

"Eu penso onde eu estava com a cabeça", diz Maddi, contando como fala consigo mesma nos momentos em que percebe que um conflito não é nada comparado ao amor deles. O olhar atento de Martin se abre em um sorriso. "Por que eu estou perdendo tempo [virando as costas para você] quando poderíamos estar abraçados?", prossegue Maddi, espelhando o sorriso do parceiro. Ela explica que sentir a força da conexão entre eles ultrapassa qualquer desavença, e então Maddi se aconchega cuidadosamente em Martin, tentando não o acordar.

A julgar pela reação de Martin, parece-me que ela nem sempre tem sucesso e que Martin se lembra de ter sido acordado à noite para um abraço conciliatório em mais de uma ocasião.

"Sim", responde ele, "eu gosto quando é madrugada e então você meio que..." — ele para de falar e faz uma mímica de sua interpretação da conchinha que acontece no meio da noite. Pela emoção nos olhos dele, sinto que, embora ele talvez tivesse apreciado aqueles momentos da maneira como aconteceram, naquele momento, depois de ouvir a resposta de Maddi, a compreensão que ele tinha da profundidade e da importância daqueles episódios aumentou.

Os dois mergulham profundamente nesse momento compartilhado de proximidade, descrevendo-o em detalhes — desde a cama minúscula que faz com que seja quase impossível não abraçar o outro, até a maneira específica como Maddi se aproxima de Martin, diminuindo a distância entre eles. Ao articularem e darem voz àquela situação, eles a colocaram em um lugar onde pode ser reconhecida e apreciada. Fizeram daquele um momento deles, compartilhando a intimidade única de sua conexão e deleitando-se com ela.

Meditando sobre a intimidade entre vocês

Como vimos na experiência de Maddi e Martin, a beleza dos momentos que surgem em resposta a esta pergunta está na simplicidade. Podem ser coisas tão mundanas que você quase não se dá conta delas. Mas comece a prestar atenção e as encontrará espalhadas pela vida que você e seu parceiro compartilham. Um dos aspectos de que mais gosto nesta pergunta é o fato de, uma vez feita, você começar a prestar cada vez mais atenção aos momentos em que esse tipo de intimidade simples aparece. Aposto que, após esta conversa, você começará a notar muito mais deles do que poderia imaginar ao formular sua resposta. Qual a melhor maneira de fortalecer sua conexão com seu parceiro do que se tornar mais consciente de como ela já está viva e prosperando em sua vida diária?

Esse processo de desenvolver uma consciência dos momentos em que a ligação com o parceiro se manifesta tem muito em comum com um dos principais presentes oferecidos pela meditação mindfulness, que fala sobre uma atenção plena ao corpo, ao presente. A sensação de paz que toma conta de você quando está meditando e de que todos os seus pensamentos finalmente param pode ser familiar. Possivelmente você já sentiu isso muitas vezes antes em sua vida, mas nunca se deu conta do valor que isso tinha até começar a meditar e conscientemente trazer sua atenção para a beleza daquela sensação tão simples. Em minha experiência, quanto mais treino para me conectar com esse sentimento enquanto medito, mais começo a me tornar consciente dos momentos em que tropeço nesse mesmo tipo de paz em minha vida cotidiana. Aprender a perceber e apreciar momentos simples de intimidade vai lhe oferecer os mesmos benefícios: uma consciência mais forte da conexão com seu parceiro e a capacidade de fortalecê-la criando novos momentos para vocês compartilharem.

Sugestões para absorver esta pergunta

A reação de Maddi quando Martin fez a pergunta foi a mesma que vi muitos participantes terem em {THE AND}. Antes de falar, eles geralmente começam respirando fundo conforme buscam os momentos de proximidade. Com essa inspiração, eles estão, consciente ou inconscientemente, mergulhando nas emoções e permitindo que os sentimentos os guiem até o episódio que vão compartilhar em algum momento. Há uma vulnerabilidade presente nesse momento, e é possível vê-la no rosto de quem responde. É incrível a rapidez com que nossas emoções aparecem quando as convocamos, e esta pergunta desperta uma emoção cativante e doce. Aproveite.

Eu sugeriria que, ao responder a esta pergunta, você se comprometesse de todo o coração a fazer a escuta profunda, permitindo que a mente fique em silêncio e voltando a atenção para as emoções que surgem do coração enquanto explora as memórias. Lembre-se: assim como na experiência de Maddi, é possível que um momento em que você se sinta mais próximo de seu parceiro seja algo que, à primeira vista, parece trivial, bobo ou totalmente inesperado para você. Se pensar muito sobre qual momento quer escolher, há uma chance de acabar escolhendo um que atenda a nossas expectativas culturais, no que se refere a quais atitudes deveriam denotar proximidade, em vez de escolher o momento em que você, pessoal e especificamente, se sente mais próximo de seu parceiro. Lembre-se de que há muitas maneiras de se sentir próximo. E, felizmente, não existe um jeito certo de fazê-lo. Sejam momentos grandes ou pequenos, ações ou palavras, nada muda a sensação de proximidade que você sente. Então permita que suas emoções o ajudem a selecionar o momento que parece certo agora, e sem dúvida iluminará um fio de sua conexão nessa conversa.

Sempre que vejo participantes tendo dificuldades com essa pergunta, ou estão se esforçando demais para encontrar o momento certo entre muitos que surgem — o que significa que, depois de ouvirem o coração e encontrarem algo para compartilhar, a cabeça se intrometeu e eles começaram a rever a decisão —, ou de repente percebem que não têm muitos momentos dentre os quais escolher. Talvez percebam que não têm nenhum momento em que consigam pensar. Se isso acontecer com você, relaxe. Existem duas maneiras positivas de enxergar isso. Primeiro, se não está experimentando momentos regulares de proximidade no relacionamento, isso é um sinal claro de que algo está acontecendo e de que um direcionamento é necessário, então melhor que seja logo. A ausência de pequenos momentos de intimidade é sintoma de um problema maior que você não conseguia enxergar com clareza até agora? Não é melhor ter percebido isso do que permanecer ignorando o fato? Essa percepção pode ser o primeiro passo para ter um relacionamento que atenda melhor a suas necessidades, não acha? Perceber a ausência de algo é o primeiro passo para trazê-lo para sua vida. E é aí que reside a segunda conclusão positiva: se você percebeu que na relação faltam momentos de intimidade recorrentes, porém simples, agora está ciente o bastante para começar a criá-los de maneira ativa. Será que existe uma forma de transformar um interesse comum em uma tradição semanal ou diária? Há algum momento em que você poderia presentear seu parceiro com um toque ou um sorriso inesperado? Lembre-se: esses são os tipos de momentos a serem mencionados em resposta a esta pergunta — as coisas simples. Não há necessidade de se enrolar em busca de momentos ambiciosos e explosivos e acabar percebendo que não consegue pensar em nada que corresponda a esse padrão. Pratique focar as pequenas coisas e ser grato pelo que tem.

Se você mantiver os olhos abertos para as oportunidades de trazer para sua vida expressões simples de intimidade, certamente as encontrará. Se você luta para encontrar momentos para compartilhar, fica confuso em meio a muitos dos quais escolher ou apenas sabe instantânea e instintivamente quando se sente mais próximo de seu parceiro, eu te encorajo a manter os olhos atentos e o coração aberto para a maior quantidade que puder desses pequenos momentos de proximidade que você encontra no dia a dia. Quanto mais instantes como esse encontrar no cotidiano, mais profunda se tornará sua conexão com seu parceiro, e mais vocês poderão contemplar seu brilho único.

PERGUNTA 4:

O QUE VOCÊ RELUTA EM ME PERGUNTAR E POR QUÊ?

Vamos encarar a realidade. Há sempre algo que você reluta em perguntar a seu parceiro. E é provável que seja exatamente sobre isso que vocês dois deveriam estar conversando.

Você se lembra de Ben e Sidra, o casal que consideramos um exemplo de articulação emocional no trabalho? Se você assistiu aos vídeos deles, provavelmente está claro que se tornaram muito bons em ter conversas íntimas e se comunicar de maneira honesta, completa e eficaz. Eu arriscaria dizer que os dois foram capazes de atingir esse nível graças, em grande parte, à disposição de enfrentar os pontos de relutância ou medo entre eles. Durante uma de suas muitas conversas para {THE AND}, Sidra disse isso a Ben da maneira mais direta e sucinta possível: "Se estou com medo de te contar alguma coisa, esse é o sinal de que preciso te contar tudo sobre aquilo".

•••

Enquanto as perguntas 1, 2 e 3 tratam da construção da base do relacionamento amoroso, lembrando vocês da confiança e do amor que sentem um pelo outro, as perguntas 4, 5 e 6 investigam como lidam com o conflito. Se você pretende construir um romance duradouro, forte e profundo, terá que aprender a lidar com conflitos. Explorar pontos de tensão, de hesitação, permite descobrir as áreas de desalinhamento na relação. Evitá-los não faz com que desapareçam. Na verdade, acontece o contrário. Por menores que essas sementes de conflito possam parecer, se ignoradas podem germinar e crescer de maneira desenfreada, acabando impossíveis de ignorar. Se você não resolver esses problemas quando surgem, em algum momento acontecerá algo que o forçará a enfrentá-los, e, quando isso ocorrer, será muito mais difícil administrar a situação. Quanto menos você se aventura nesses pontos de desconforto, mais eles apodrecem, mais espaço ocupam e se tornam mais difíceis de desembaraçar e extrair sem uma intervenção dolorosa.

Uma ressalva

Deixe-me ser claro. O medo do desconforto causado por uma conversa difícil e o medo da violência física ou emocional perpetrada por um parceiro abusivo são duas coisas muito diferentes. Se você sentir que o medo surge em torno de um ponto de conflito específico em seu relacionamento, observe a si mesmo de maneira honesta. Pergunte a si mesmo se esses medos estão centrados na exploração de um tópico desafiador de conversa ou se você teme por sua segurança psicológica ou física.

Nas páginas deste livro, estou falando especificamente sobre o primeiro tipo de medo — medo de abordar assuntos difíceis em uma conversa com seu parceiro com base no interesse de desenvolver o relacionamento. Aprender a se envolver em discussões desconfortáveis como essas é como se alongar. Quanto mais você faz, mais fácil fica. E, se você se alongar todos os dias e suportar um pouco da dor, seu relacionamento se tornará mais flexível e mais resistente ao estresse.

Saindo da escuridão

É hora de exercitar seus músculos comunicativos enfrentando um pouco de desconforto. E eu realmente quero dizer um *pouco* de desconforto. Esta pergunta não precisa explorar um conflito importante em seu relacionamento. Não é necessariamente sobre algo doloroso ou que mantém você acordado à noite. Observe que a pergunta é sobre algo que reluta em perguntar, e não sobre algo que tem medo de perguntar. "Relutar" não apenas é mais gentil do que "sentir medo", como também subverte a oportunidade de um entrevistado menosprezar a questão, dizendo: "Não há nada que eu tenha medo de te perguntar". Mesmo nos relacionamentos mais fortes e saudáveis, sempre haverá um assunto que alguém hesitará em abordar. Nessa fase da conversa, é mais importante que você e seu parceiro aqueçam os motores explorando algo que não seja particularmente pesado e, dessa maneira, conseguem evitar que qualquer assunto específico que escolham compartilhar se transforme em um tema difícil.

    O que também é muito interessante nesta pergunta é que, enquanto a outra pessoa pensa na resposta dela, inevitavelmente você pensa na sua. O que significa que você provavelmente está se perguntando: *O que meu parceiro reluta em me dizer? Provavelmente...* E se, quando ouvir a resposta dele, o assunto não for o que você achou que seria? Nessa pausa antes de a pergunta ser respondida, o espaço é preenchido com possíveis pontos de discórdia — aqueles em que o outro está pensando e aqueles em que você acha que o outro está pensando. É interessante falar sobre isso também, compartilhando em algum momento: "Engraçado você dizer isso, porque pensei que ia dizer aquilo". Assim, vocês têm mais tópicos para destacar e debater, se desejarem. Nem tudo precisa — nem deve — ser discutido de uma só vez. Só quero deixar claro que vários tópicos podem aparecer quando um parceiro se pergunta o que o outro reluta em compartilhar.

Nos relacionamentos, é no escuro que as coisas crescem. Do lado de fora, sob a luz, é onde vocês constroem de forma ativa o vínculo. Mas, nos lugares aonde essa luz não chega, problemas, frustrações e disfunções podem surgir e se espalhar por conta própria. Quanto menos você olhar para esses pontos, discuti-los e lançar sobre eles a luz de sua atenção, maiores se tornarão. Com sorte, as três perguntas anteriores lembraram você do amor e da conexão única entre vocês. Elas iluminaram a estrutura da intimidade e da confiança existentes. Considere a discussão a seguir, sobre algo que cada um reluta em perguntar, um convite para que os dois levem essa luz até a escuridão não examinada da vida conjunta e vejam o que talvez esteve crescendo por lá enquanto não estivessem olhando.

Já vi muitos relacionamentos em que o casal prefere deixar as coisas por dizer, em um esforço para manter o *status quo*. Embora isso possa funcionar por um tempo e ser uma situação de sobrevivência para muitos, essa estratégia nega a ambos os parceiros a capacidade de expressar plenamente seu ser. É compreensível o desejo de só querermos mostrar nossas partes mais palatáveis a nossos parceiros, mas nos filtrarmos dessa forma tem um preço. Esconder algo não faz com que isso deixe de fazer parte de você. Ao não expressar essas questões nem explorá-las, você está restringindo a quantidade de si mesmo que o outro experimenta. Por outro lado, trazer à luz essas partes de você, nomeá-las de maneira consciente, falar sobre elas e compartilhá-las com quem ama convida você a participar do relacionamento por inteiro. Essa é uma forma de ser que permite uma existência mais viva e emocional. É como assistir a um filme em preto e branco e sua versão colorida em resolução 4K.

Isso nos leva a várias perguntas: Por que, então, tememos tanto compartilhar nosso ser por completo com outra pessoa? Por que a preferência por não abalar o *status quo* emocional? Por que temos essa tendência de tentar nos proteger de sentirmos de maneira plena?

Será porque temos medo de que esses sentimentos nos dominem? Ou porque eles podem ser muito dolorosos? E, se sim, isso significa que a quantidade de desconforto com a qual você consegue lidar é proporcional à quantidade de riqueza que você deixa entrar em sua vida?

•••

O que descobri por experiência própria é que esse desconforto e essa dor que tememos são, na verdade, uma fachada. Não é que não sejam reais, mas nunca são tão ruins quanto você imagina. Toda vez que me sinto sobrecarregado, que acordo de madrugada ansioso com as coisas que tenho que resolver e as responsabilidades que exigem minha atenção, assim que começo a fazer o que preciso, que começo a agir, minha ansiedade desaparece. Ela sempre atinge o auge pouco antes de eu entrar em ação e começar a confrontar sua fonte. No entanto, uma vez que eu a enfrento e resolvo o problema, a ansiedade se torna controlável e nem de longe tão avassaladora quanto eu achava e sentia que era.

Ao entrar na próxima fase da conversa, que iniciará discutindo este ponto de relutância e depois deixará que as perguntas seguintes guiem você para conflitos mais urgentes em seu relacionamento, eu gostaria que tivesse em mente que mesmo um pequeno esforço para trabalhar uma fonte de desconforto é uma forma de aliviar o tormento que sentimos em decorrência dela. Aprofundar-se nesses tópicos, com cuidado e atenção, vai mitigar a dor em torno de qualquer problema, aos poucos, ao mesmo tempo que construirá confiança entre você e seu parceiro.

Ivo & Kevin: válvula de escape e reafirmação

Ao longo de vinte e dois anos de casamento, Ivo e Kevin praticaram bastante os atos de nutrir e construir sua conexão, crescendo em uma sincronia cada vez maior. Os dois usavam camisas sociais azul-claras e jeans durante a conversa para {THE AND}, ambos ostentavam barbas compridas e bem cuidadas — a de Ivo, escura e pontuda, e a de Kevin, ruiva brilhante. Mas, mesmo depois de duas décadas juntos, quando Ivo faz essa pergunta ao marido, Kevin imediatamente tateia a questão que hesita em abordar.

"Qualquer coisa que seja um gatilho para você, para sua ansiedade e para seu TOC", compartilha Kevin, olhando diretamente nos olhos de Ivo. "Tipo, qualquer coisa que tenha a ver com problemas envolvendo a casa." Ele então quebra o contato visual enquanto se aprofunda em como experimenta a complexidade dessa questão sozinho, como manteve isso escondido de Ivo. "Eu sempre vou esconder esse tipo de coisa de você. A menos que você descubra primeiro. Aí não tenho como controlar. Mas não vou deixar que você fique sabendo de um problema até que eu o tenha assimilado, entendido e tenha uma solução planejada. Aí, sim, eu o trago para você."

Enquanto Kevin compartilha isso, Ivo parece estar sentindo emoções conflitantes. Por um lado, está vendo como seu marido faz de tudo para protegê-lo, mas, por outro, sente o desconforto que isso causa a Kevin ao reconhecer abertamente a disparidade de poder entre eles em voz alta. Rapidamente, Ivo faz a coisa corajosa. Ele se aprofunda no momento desconfortável e pergunta: "Isso faz com que você fique ressentido comigo? Isso é outro fardo no nosso relacionamento?".

"Já fiquei ressentido, sim", Kevin começa a dizer antes de fazer uma pausa. Sua voz falha. "Olha aí as emoções", diz ele timidamente enquanto seus olhos se enchem de lágrimas. Ivo sorri e assente, e seu olhar irradia apoio e encorajamento. "Mas, como você está tentando mudar isso", continua Kevin, "eu sei... eu torço para que não seja assim sempre."

Ivo sorri e assente com a cabeça enquanto assimila o reconhecimento de Kevin por seu trabalho árduo. Então Kevin acrescenta, com a voz embargada mais uma vez: "Mas tem... tem sido muito difícil para mim".

Ivo ergue as sobrancelhas. "A ponto de você querer me deixar?", pergunta.

"Não", diz Kevin, com autoridade e certeza de volta à sua voz grave. Ele olha para Ivo, e a expressão séria que surgiu em seu rosto se transforma em um sorriso. "É óbvio que não."

> **Se você decide amar, ame. Não tenha medo."**
> – Jon

"Por que buscamos relacionamentos"
Leia o QR code para assistir à conversa.

Aqui, esta pergunta permitiu que um ponto de desconforto no relacionamento — a verdade incômoda de que Kevin às vezes se sente sobrecarregado pelas dificuldades de Ivo — viesse à tona, tirando-o de um lugar onde poderia se transformar em ressentimento e trazê-lo para a luz. Ela também deu a Ivo a oportunidade de enxergar seu parceiro de verdade; ele vê não apenas como Kevin se esforçou para protegê-lo, como, mais importante, Kevin está ciente desses esforços ativos em direção ao crescimento e, em última análise, essa desconfortável dinâmica de poder é apenas um pequeno aspecto na tapeçaria do relacionamento. E então, logo após Ivo ver como o peso da pergunta fez o marido chorar, recebe uma garantia verbal e inequívoca de que o amor de Kevin por ele é muito mais poderoso do que a questão em si. Que presente. A partir da bela e corajosa interação de Kevin e Ivo, vemos como essa pergunta pode ser tanto a abertura de uma válvula de escape quanto uma forma de aprofundar o entendimento entre duas pessoas.

A hora certa é agora

Quando percebemos que estamos hesitantes em conversar sobre algum assunto, nossa tendência natural é óbvia: relutamos. Geralmente essa hesitação vem de um sentimento de medo — medo de prejudicar o relacionamento, de machucar a outra pessoa ou de parecer fraco, carente ou agressivo. E o que acontece depois? Muitas vezes nossa mente nos engana, fazendo-nos pensar que nossa relutância tem um bom motivo.

Você pode dizer a si mesmo: "Sabe, preciso de um tempo para pensar sozinho antes de falar sobre isso com meu parceiro".

Quer seja uma tentativa honesta de chegar mais preparado a uma conversa difícil ou um truque de sua mente para evitar que encare o medo, tenha cuidado com esse impulso. Adiar uma conversa importante até que o "momento certo" chegue dá ao problema mais tempo para apodrecer, mais tempo para a pressão aumentar, tornando o assunto potencialmente ainda mais doloroso do que teria sido se você o tivesse abordado de imediato. E, embora o impulso de pensar sozinho possa parecer lógico quando se trata de questões de relacionamento, quase sempre é melhor pensar sobre elas em voz alta, como casal, como uma equipe. Isso não quer dizer nunca se retirar de uma discussão mais acalorada para poder se acalmar primeiro e depois iniciar uma nova conversa com mais tato, calma e uma perspectiva mais ampla. Esperar que esses sentimentos de luta ou fuga passem é uma abordagem produtiva e madura. No entanto, se em determinada situação você olhar para si mesmo com honestidade e descobrir que está protelando porque tem medo de dizer o que te incomoda ou de debater o problema, então, sim, agora é melhor do que nunca.

Pense em como a conversa poderá começar de um ponto de desequilíbrio se você passar muito tempo pensando no assunto antes de apresentá-lo a seu parceiro. Talvez você já tenha pensado em tudo o que quer dizer e seu parceiro nem tenha entendido que aquilo é um ponto de conflito. Ele pode se sentir desprevenido se você vier com um roteiro bem elaborado, porém rígido. Talvez ele sinta que você não levou em consideração as necessidades dele no que se refere ao processamento das informações. Tragam a escuta profunda para a conversa e deixem que ela flua a partir de um lugar de confiança e compreensão mútuas. É evidente que há um equilíbrio a ser alcançado nessa situação. É uma boa ideia reservar algum tempo para processar um problema, independentemente de como isso se dará para cada um de vocês. Porém, embora tentar obter clareza em momentos de solidão e tranquilidade possa ser útil, a verdadeira compreensão virá da interação orgânica entre você e seu parceiro.

Então não passe tempo demais esperando pelo momento certo, porque há uma boa chance de que ele nunca chegue. Se você mantiver em mente as ferramentas de escuta profunda (p. 76) e como criar um espaço seguro para ter conversas (p. 67), o momento certo provavelmente será agora.

•••

Quando esta pergunta aparece para Andrew e Jerrold, casados há sete anos, Jerrold — bem-apessoado, o cabelo curto e escuro perfeitamente conectado a uma barba curta e escura — conta que costumava hesitar em compartilhar coisas que achava que poderiam decepcionar o marido. Ele admite que isso vinha do medo de perder Andrew, cujos deslumbrantes olhos azuis suavizam diante dessa afirmação. Jerrold prossegue, explicando que a relutância era motivada pelo desejo de proteger o relacionamento que ele tanto valorizava. No entanto, a hesitação acabou por ter o efeito oposto.

"Isso levou a momentos muito difíceis em que você não confiava em mim porque eu não estava sendo totalmente honesto", lembra ele. Mas, ao examinar o relacionamento e como seu comportamento o afetava, Jerrold percebeu que a hesitação não era nada saudável para seu relacionamento. "Eu vi como aquilo estava machucando você. Não era benéfico. Eu não estava sendo cem por cento honesto com você. Eu tenho que te dar tudo de mim para que me dê tudo de você. E eu não quero te machucar. Então eu mudei. E agora está tudo bem. Agora eu falo abertamente."

Sugestões para absorver esta pergunta

Ao longo da minha vida, aprendi que aceitar emoções como apreensão, tensão e nervosismo pode levar diretamente a uma expansão de habilidades e compreensão. Poucos dias antes de lançar meu estúdio, o The Skin Deep, recebi uma ligação de meu principal investidor. Ele me disse que teria que retirar todo o investimento do projeto. No tempo de um telefonema extremamente deprimente, vi metade de nosso financiamento total desaparecer. Enquanto eu lutava para continuar correndo atrás de meu sonho, depois do que na época parecia um desastre total, tive que confrontar situações que me assustaram visceralmente. Nunca esquecerei aquela sensação. Em nosso primeiro dia de trabalho, lembro-me de tirar uma selfie com

Heran e Paige, os dois primeiros membros da equipe, enquanto embarcávamos nessa aventura. Embora eu estivesse sorrindo, por dentro estava um caco. Mas, mesmo enquanto tirava a foto, eu sabia que sempre guardaria aquela imagem com carinho, que olharia para trás com a certeza de que, apesar do medo que sentia, decidi seguir em frente mesmo assim, e com um sorriso no rosto. E foi isso que eu fiz. Continuei seguindo em frente, aceitando meus medos sempre que eles surgiam. Rapidamente percebi que estava aprendendo muito, muito mais com coisas que pareciam totalmente desconhecidas ou desafios avassaladores. Logo, eu ficava alerta sempre que sentia medo de fazer algo que nunca tinha feito antes. Mas eu seguia em frente, enxergando aquilo como uma oportunidade de crescimento. Se você observar os momentos anteriores a suas maiores conquistas e sucessos, verá que foram precedidos por uma forte dose de medo e apreensão. São a coragem e a persistência que transformam o sentimento de medo em um sentimento de realização.

Às vezes, fazer essa pergunta pode ser tão assustador quanto respondê-la. Mas, seja qual for sua posição, convido você a fazer a pausa que quase inevitavelmente se segue à formulação desta pergunta. Neste momento, parece que qualquer coisa pode acontecer. Você e seu parceiro podem estar nervosos, mas lembre-se do que resultou da conversa de Kevin e Ivo quando se fizeram essa pergunta. Embora o assunto que discutiram tenha causado muito desconforto a Kevin, embora ele tenha expressado esse desconforto emocional e verbalmente a

Ivo, juntos os dois atingiram uma compreensão mais profunda e plena do poder de seu amor e da força que cada um tem individualmente e compartilha com o outro. Portanto, respire durante essa pausa, reflita pelo tempo que for necessário e, em seguida, sigam juntos por esse caminho de crescimento — que, lembre-se, é iluminado pelo medo.

PERGUNTA 5:

QUAL É O MAIOR DESAFIO QUE ESTAMOS ENFRENTANDO EM NOSSO RELACIONAMENTO ATUALMENTE E O QUE VOCÊ ACHA QUE ELE ESTÁ NOS ENSINANDO?

Todo relacionamento tem desafios. Não resta dúvida sobre isso. Eles são inevitáveis, desconfortáveis e, atrevo-me a dizer, inestimáveis. Não crescemos no conforto; crescemos no desconforto.

Se acha que você e seu parceiro não enfrentam desafios, é porque os pequenos problemas ainda não cresceram o suficiente para serem considerados "desafios", ou porque você está simplesmente se recusando a encarar os conflitos que estão abaixo da superfície, varrendo-os para debaixo do tapete a fim de permanecer em uma zona de conforto. Às vezes, gastamos mais energia nos escondendo do conflito do que precisaríamos para de fato lidar com ele. O espaço seguro que você construiu como um recipiente para abrigar essa conversa foi criado para possibilitar a exploração do que está além desse *status quo* aconchegante, expandindo assim a compreensão, o conjunto de habilidades e a expressão de seu eu pleno e encarnado. A coragem de enfrentar os tipos de desafios fora dos limites da zona de conforto e depois geri-los de forma construtiva é a chave para qualquer relacionamento saudável. Mais do que isso, fortalece as raízes que permitem uma conexão sustentável, crescente e rica.

Não é evitando conflitos que vamos aprender a ser melhores e nos tornar resilientes; é a capacidade de lidar com eles de forma construtiva que diz muito sobre a flexibilidade e o dinamismo de um relacionamento. Portanto, o objetivo não é estar livre de desafios; é enfrentá-los com a mente aberta, valorizá-los, aproveitá-los ao máximo e, uma vez resolvidos, acolher o próximo, assim como todos os ensinamentos que ele pode trazer.

A partir desta pergunta, identifique o que cada um de vocês acredita ser o maior desafio que enfrentam atualmente. E, mais importante, perceba e acolha o que está aprendendo com esse desafio, com seu parceiro e com seu relacionamento enquanto passa por situações de estresse. Se não está aprendendo nada, está deixando escapar o que talvez seja o maior presente de compartilhar sua vida com outra pessoa. Trazer as lições inerentes ao conflito para o primeiro plano de sua consciência vai evidenciar a sabedoria que esse desafio está tentando lhe oferecer.

Encontrando força nas dificuldades

A pergunta anterior revelou as sementes dos desafios em seu relacionamento, convidando-o a enfrentar o desconforto que cerca um ponto de hesitação. Agora que vocês dois alongaram os músculos exploratórios, estão prontos para fazer levantamentos mais pesados.

Por que esta pergunta foi formulada de forma a pedir que você discuta o maior desafio, e não o maior problema, enfrentado por vocês? Um problema é algo inerentemente negativo. É algo que você deseja consertar e depois seguir em frente o mais rápido possível. Mas todo desafio, por mais difícil que seja, é uma oportunidade. Desafio é algo que você enfrenta, supera e sai do outro lado mais forte. Ir à academia é um desafio que você se propõe para ficar mais forte. Não é fácil e foi projetado para estressar o organismo. Mas, quanto mais difíceis são os treinos e quanto mais você se propõe a enfrentar o estresse físico, mais resiliente se torna. Enquadrar esse nó de desconforto como um desafio fará com que pareça mais possível encará-lo e o transformará em uma oportunidade para fortalecer o vínculo entre você e seu parceiro.

O poder das perguntas é um presente que serve para reformular determinado ponto de conflito em seu relacionamento, convocando cada um a elucidar o que acha que o desafio está ensinando a vocês. Essa segunda parte da pergunta coloca você no lugar de aluno, reconhecendo que tem algo a aprender com isso. Observe que a pergunta foi formulada de modo a indagar qual você acha que é a lição, para assim eliminar a possibilidade de respostas "certas" e reconhecer que as respostas de ambos os participantes serão opiniões subjetivas, e não declarações de uma verdade objetiva. Ao convidar que pense na lição que acredita residir no cerne do desafio, a pergunta exclui a possibilidade de você sentir ressentimento por seu parceiro, ou pelo próprio desafio, criando um espaço flexível e acolhedor no qual explorar e encontrar ensinamentos em seus conflitos.

Gabrielle & Luna: uma missão gratificante fora da zona de conforto

Quando elas sentaram para ter a conversa para o {THE AND}, Gabrielle e Luna — duas jovens que presumo estarem na casa dos 20 anos — não estavam oficialmente em um relacionamento romântico... ainda. Amigas próximas desde o ensino médio, cada uma informou separadamente à minha equipe que tinha sentimentos românticos inconfessos pela outra. Dez meses depois, quando voltaram para uma segunda participação em {THE AND}, haviam se aberto totalmente uma para a outra e estavam em um relacionamento romântico. A fluidez na forma como se comunicavam e a felicidade que irradiava de ambas na segunda conversa era contagiante, e fiquei todo alegre ao vê-las fazer perguntas uma à outra e rir juntas enquanto exploravam aquele novo nível de conexão. No entanto, ao longo da primeira conversa, era possível sentir o elefante na sala: os sentimentos não expressos de ambas pairando no ar.

> **Quando você aceita o amor, aceita também a dor."**
> – Avery

"Será que eu poderia ter sido uma amiga melhor?"
Leia o QR code para assistir à conversa.

Dada a história delas, não fiquei nem um pouco surpreso com a resposta de Luna quando, durante a conversa inicial, Gabrielle perguntou sobre o maior desafio que as duas enfrentavam no relacionamento naquela época.

"Comunicação", respondeu Luna, quase sem hesitação. Luna tem cabelo curto e encaracolado, olhos castanhos e uma argola de prata no septo. Gabrielle, que usa batom vermelho intenso nos lábios e sombra pesada ao redor dos olhos verdes, olha para a amiga e sorri em resposta. Será que ela estava pensando em todas as coisas que queria desesperadamente comunicar a Luna, mas não conseguia? Aliás, essa é muitas vezes a resposta mais comum a esta pergunta. Parece ser o desafio mais comum que surge para a maioria dos participantes.

"Quero que você me diga quando estiver chateada, mesmo que seja por um motivo idiota", prosseguiu Luna. De repente, o rosto de Gabrielle assumiu uma expressão mais séria. "Qualquer coisinha, tipo, 'Ah, você disse algo e isso me irritou'. Me fale e podemos conversar sobre isso e seguir adiante. Você não precisa engolir tudo até explodir com algo minúsculo."

Gabrielle assentiu e sorriu novamente. "É um argumento válido", admitiu. Então ofereceu a própria resposta à pergunta: "Acho que para mim o maior desafio não é algo que seja um desafio para você e para mim, porém mais para mim mesma. E é sentir que não consigo te alcançar". Foi a vez de Luna assentir para a amiga. "Muitas vezes eu me sinto assim. Como se você fosse apenas fumaça; eu consigo ver você e você está lá, mas não consigo tocar nem sentir você em minhas mãos." Mais uma vez, Luna balançou a cabeça. Será que está experimentando o mesmo sentimento? Uma vontade de sentir Gabrielle em suas mãos?

"Sei lá", prosseguiu Gabrielle. "Às vezes é difícil admitir certas coisas para mim mesma. Então eu não tenho como explicar para você coisas que nem eu mesma sei direito."

"O que for confortável para você...", Luna começou a dizer, mas, nesse momento, Gabrielle engoliu em seco corajosamente e a interrompeu.

"Você já teve medo de trazer algo à tona por achar que isso faria tudo desabar sob seus pés?"

"Sim", respondeu Luna, rindo e erguendo levemente as sobrancelhas. Aparentemente, ambas sabiam a que Gabrielle estava se referindo e naquele momento estavam reconhecendo que conheciam, intimamente, a forma do desafio que Gabrielle estava enfrentando.

Gabrielle sorriu e acenou com a cabeça. "Sim, é com isso que tenho lutado ultimamente."

"Bem", disse Luna, desviando o olhar, talvez com medo de revelar seus sentimentos primeiro. "Seja o que for, você não precisa lidar com isso sozinha. Seja qual for a confusão pela qual está passando, ela agora é minha também e vamos resolver juntas."

As duas começaram a rir, fazendo contato visual e compartilhando um terno momento de conexão.

Isso foi o mais perto que elas chegaram de compartilhar seus sentimentos românticos uma pela outra durante a primeira conversa filmada, mas gosto de pensar que essa foi a semente que em determinado momento se transformou em uma declaração de amor completa. Aqui podemos ver como falar sobre desafios e pontos de conflito pode nos levar a ser quem esperamos ser, a ter a vida que queremos. A partir de uma conversa sobre falta de comunicação, duas amigas de longa data começaram a derrubar as barreiras entre elas. Fica claro pela linguagem corporal das duas, pela maneira como desviavam o olhar uma da outra e às vezes tropeçavam nas palavras, que aquele não era exatamente um assunto confortável para Luna ou Gabrielle abordar. Mas veja a recompensa que isso lhes trouxe: um romance conectado e muito desejado havia tempos. Será que algum dia teriam recebido esse presente se não tivessem enfrentado corajosamente aquele momento de desconforto, por mais constrangedor que pudesse ser? O que você preferiria experimentar: uma breve estadia fora da zona de conforto ou uma vida inteira imaginando o que poderia ter acontecido se você apenas tivesse começado a externalizar sua verdade?

Assimilando o aprendizado

É tentador dizer a si mesmo que, se o grande desafio que você está enfrentando não existisse, tudo ficaria bem. Se tivesse mais de X, se sua vida estivesse livre de Y, se você pudesse dizer à sua melhor amiga o que sente por ela, você seria capaz de dar o melhor de si. Mas a verdade é que, se todos os desafios atuais que você enfrenta fossem subitamente apagados, não demoraria muito para que um novo entrasse em sua vida, oferecendo-lhe a decisão de lutar contra ele ou aprender com ele. É por isso que esta pergunta pede que você compartilhe seu maior desafio *no momento presente*. No dia, na manhã ou no mês seguinte, haverá outro.

No âmbito de um relacionamento, no começo você pode compartilhar uma forte conexão sexual com seu parceiro, mas vocês dois estão constantemente lutando para sobreviver. Avance uma década, e agora os desafios financeiros foram superados. O dinheiro não é mais um problema. Mas aquela ligação sexual que antes era tão forte diminuiu. Os desafios mudaram de lugar, dando a vocês algo novo em que trabalhar juntos. Não há uma linha de chegada depois da qual tudo corre bem. Você supera um desafio, e, mais cedo ou mais tarde, um novo aparecerá. E, acredite ou não, isso é mais uma boa notícia, pois cada desafio que você enfrenta é uma nova oportunidade de aprendizado e crescimento. Mas tenha cuidado. Essa mudança fortalecedora só será verdadeiramente aceita em seu ser se você correr atrás das lições de maneira ativa.

Talvez você não apenas tenha aceitado que a vida é cheia de desafios, mas também tenha se tornado um especialista em superá-los. Maravilha. Ótimo trabalho. Mas o próximo passo, e muito mais importante, é prestar atenção para ver se você está realmente assimilando ou não as lições que cada obstáculo lhe ofereceu. Tornar-se melhor em aprender com os desafios não impedirá que novos surjam em seu caminho — isso é impossível —, mas impedirá que você fique preso em um ciclo no qual enfrenta o mesmo desafio repetidamente. Isso garante que todo o trabalho duro que faz sempre que enfrenta e supera um deles contribua diretamente para seu crescimento. Se você gasta energia repetidas vezes enfrentando a mesma questão, provavelmente ainda não aprendeu de fato tudo o que a vida está tentando lhe ensinar.

•••

Quando eu tinha 20, 30 anos, enfrentava repetidamente o mesmo desafio em meus relacionamentos. Sem perceber, eu buscava exclusivamente pessoas que tivessem um muro emocional impenetrável e fugissem da verdadeira intimidade. Eu me via preso a um padrão altamente desagradável, no qual estava sempre correndo atrás de quem eu me relacionava, estendendo a mão e me esforçando para realmente me aproximar dela. Além disso, minha baixa autoestima depositava meu valor próprio na resposta que recebia dela. Se respondesse de maneira positiva, eu me sentia bem e admirável. Se não, eu ficava deprimido. Minha própria sensação de bem-estar dependia dessa validação. Não era apenas frustrante, mas também exaustivo. No entanto, sempre que alguém parava de fugir de mim e realmente me dava a oportunidade de construir a conexão emocional profunda que eu tinha certeza querer, eu dava meia-volta e fugia dessa busca de intimidade. Essa mesma série de eventos aconteceu tantas vezes que comecei a me sentir como um hamster correndo em uma rodinha de exercícios, me perguntando por que o cenário ao meu redor nunca mudava.

Sabendo o que você já sabe sobre a história de minha família, talvez possa chutar de onde veio essa tendência autodestrutiva que definia a vida amorosa do jovem Topaz. Uma combinação de baixa autoestima com o medo subconsciente do tipo de intimidade que eu desejava, mas que não tinha ideia de como deixar entrar em minha vida, me manteve correndo em círculos dolorosos e frustrantes. A única maneira de me sentir confortável em um relacionamento era se houvesse um desequilíbrio — a mesma falta de intimidade que vi modelada entre minha mãe e meu pai —, fazendo com que eu sentisse que estava sempre em busca de uma conexão mais profunda com minha parceira do que a que ela era capaz de me dar. A indisponibilidade emocional delas permitia que eu permanecesse em minha zona de conforto, embora a experiência dessa zona de "conforto" fosse extremamente dolorosa.

Se eu encontrasse uma parceira presente e amorosa, acredite se quiser, teria dor de estômago. A mesma dor de estômago que meus pais me disseram que eu tinha quando criança toda vez que eu ia da casa de um para a do outro. E, assim, eu interpretava a dor de estômago como um sinal de que aquele relacionamento não estava dando certo, quando na verdade era só eu que não processava nem enfrentava a dor. O corpo lembra. O corpo registra. É por isso que a escuta profunda — ouvir seu corpo e deixá-lo falar através de você — é uma ferramenta tão poderosa. Eu achava que ouvir o meu corpo me mostrava que aquelas dores físicas eram um sinal de que eu deveria fugir e, assim, terminava o relacionamento com a parceira carinhosa e presente. Agora vejo que aquilo que deliberadamente vivia em meu estômago era apenas o medo ressurgindo e meu corpo tentando me proteger diante do medo da intimidade — aquilo que eu desejava. Irônico, não é mesmo?

A partir dessa dinâmica pouco saudável, surgiam os mesmos desafios repetidas vezes nesses relacionamentos desequilibrados. Com o tempo, fiquei muito bom em superar muitos desses desafios individuais com determinadas pessoas, e, superficialmente, as coisas melhoraram entre nós por um tempo. Mas logo surgiram novos desafios a partir das mesmas questões centrais, e o círculo vicioso se repetia. Todos esses desafios tentavam me ensinar a mesma lição — *pare de correr atrás, pare de fugir e enfrente o medo da intimidade!* —, mas, como estava tão focado em resolver cada questão individual e seguir em frente o mais rápido possível, nunca prestei atenção a essa lição maior.

Foi preciso muito tempo, muitos momentos desconfortáveis de autorreflexão e uma conversa profunda e vulnerável com um amigo de confiança antes que eu finalmente conseguisse entender a lição que esse círculo vicioso de desafios tentava me ensinar. No entanto, quando entendi, coloquei toda a minha energia em realmente aprender, assumir e encarar meu medo da intimidade. Como você pode imaginar, muitos momentos de agitação, longe dos móveis acolchoados da minha zona de conforto, fizeram parte do processo. Mas, depois que aceitei esse caminho, aceitei meu desconforto e enfrentei meus medos, realmente mudei. Quebrei o ciclo e consegui entrar em relacionamentos mais gratificantes do que nunca.

Sugestões para absorver esta pergunta

A melhor forma de entrar em assuntos difíceis como os que podem surgir desta pergunta é estar munido de uma boa dose de gratidão. Tente enxergar isso como uma oportunidade para você e seu parceiro aprenderem as ferramentas necessárias para superar os próximos desafios que inevitavelmente enfrentarão e absorverem plenamente as lições, em vez de um espaço para colocar a culpa um no outro. Lembre-se de que o desafio em si não reflete nenhum de vocês como pessoa; é um reflexo da dinâmica entre os dois. E, assim como as memórias que você aprecia são uma sinergia com a conexão entre vocês, os desafios e a maneira como são superados também podem ser exclusivos dessa mesma conexão. Reconheça esse fato. Articule-o. Seja grato por ele. Não há necessidade de ficar na defensiva, de se sentir atacado ou de fazer qualquer ataque. Nenhum de vocês tem um defeito ou está "errado". É a conexão entre vocês que pode estar passando por alguma disfunção. Com compreensão, paciência e gratidão, consertar tudo pode ser mais fácil do que imagina. Ou talvez não. Talvez a dinâmica entre vocês seja irreparável e vocês decidam seguir caminhos separados, avançando em direção a conexões mais saudáveis e gratificantes que ressoem melhor com cada um como indivíduo.

Esse, porém, é um resultado extremo de quando enfrentamos um desafio junto a outra pessoa. Os desafios são oportunidades saudáveis e naturais. Ao responder a esta pergunta, lembre-se de que um relacionamento sem desafios é como uma morte. Não há espaço para crescimento, aprendizado ou aprofundamento da intimidade. Estagnar é o oposto de viver. A questão não é descobrir como não ter desafios em seu relacionamento, mas perguntar a si mesmo: "Este é um desafio que estou disposto a enfrentar?". O que quero dizer com isso? Deixe-me explicar.

Quando comecei a viajar pelo mundo e a fazer filmes, ter dinheiro suficiente para financiar meus projetos e para ao menos sobreviver era um desafio constante. Enfrentar essa questão e encontrar formas de superá-la não foi fácil, mas foi uma que eu aceitei encarar e aprender com ela. Para mim era preferível quando comparado ao desafio: "Estou totalmente entediado com minha vida e não tenho nenhuma paixão". Todos nós temos questões. No meu caso, eu estava vivendo uma vida apaixonada, emocionante e cheia de aventura; no entanto, meu desafio era financeiro. Eu poderia ter um emprego diurno em um escritório e, consequentemente, não enfrentaria nenhum desafio financeiro devido à renda estável, mas, por outro lado, meu desafio seria tentar me apaixonar pelo que fazia todos os dias. Há um dar e receber em tudo. Portanto, a questão não é evitar totalmente os desafios, mas compreender que uma escolha nega outra e acolher seus obstáculos com gratidão.

O que você vê ao fazer o mesmo tipo de análise em relação aos desafios que surgem desta pergunta e olhar honestamente para a dinâmica entre você e seu parceiro? As questões que vocês enfrentam são do tipo que você está disposto a enfrentar? Vocês por acaso estão prestando atenção ao que os desafios tentam lhes ensinar, para que quebrem padrões inúteis e cresçam juntos? Vocês são capazes de chegar à lição que a vida tenta lhes ensinar ao permitir o desconforto, um professor muito poderoso? E, agora que chegaram até ela, estão realmente deixando que penetre em sua consciência, em suas atitudes, em quem vocês são?

PERGUNTA 6:

QUAL SACRIFÍCIO VOCÊ ACREDITA TER FEITO E EU NÃO RECONHECI, E POR QUE ACHA QUE ISSO ACONTECEU?

Sacrifício pode parecer uma palavra séria e pesada, mas faz parte do equilíbrio de qualquer relacionamento saudável. A beleza de estar em um relacionamento é que você é convidado a crescer para além da pessoa que é quando está sozinho. Para deixar de ser a pessoa que tem sido e se tornar aquela que pode ser quando está em conexão com outro ser humano, algum tipo de mudança — de comportamento, de personalidade ou de prioridades — pode ser exigido de você. Você ganha e aprende muito por meio dessa transformação, é uma maneira maravilhosa de crescer. No entanto, inerentes ao compromisso e ao acordo estão as perdas, que podem ser dolorosas e, com frequência, gerar ressentimento.

Às vezes, nossa tendência pode ser esconder essa dor de nosso parceiro, em especial quando ela é causada diretamente pelo relacionamento. Mas esconder uma ferida apenas impede que ela seja tratada. Com esta pergunta, cria-se espaço para que ambos os parceiros reconheçam um sacrifício ao qual cada um se propôs para fazer o relacionamento funcionar, algo que não foi discutido antes. Com bastante frequência, você descobrirá que, simplesmente reconhecendo esse sacrifício, a ferida é curada e qualquer ressentimento que você ou seu parceiro possam estar alimentando é eliminado pela raiz.

No fim das contas, os sacrifícios que fazemos por nosso relacionamento, por mais desafiadores ou dolorosos que sejam, são presentes que oferecemos ao relacionamento. Contudo, se você não trouxer o sacrifício à luz da consciência coletiva de vocês, seu parceiro será capaz de enxergá-lo como uma oferta? O momento certo para fazer isso é respondendo a esta pergunta.

Um salto rumo ao desconforto (preso a uma corda elástica)

Pode ser que, ao escutar essa pergunta, o que lhe venha à cabeça não aparente ser grave o suficiente para ser chamado de sacrifício. Talvez você não queira se dar tanto crédito ou dar tanta ênfase a algo que é doloroso. Mas esta pergunta foi formulada de maneira intencional. Mesmo que você, pessoalmente, não chame de sacrifício porque lhe parece extremo demais, é importante que você e seu parceiro sintam o peso, o poder e a beleza dessas concessões, desses compromissos e atos altruístas. Quer você normalmente chame de sacrifício ou não, abrir mão de algo por seu parceiro pode ser doloroso; no mínimo, pode fazer com que você comece a enxergar aspectos de seu relacionamento que estão em desequilíbrio. Não importa quão lógico seja seu raciocínio ou quão voluntariamente você aja, ainda assim pode ser um sacrifício. Apenas compartilhar e observar esses pontos de desequilíbrio dá a cada um de vocês uma perspectiva mais completa sobre como um afeta o outro.

A parte seguinte da pergunta, "e eu não reconheci", serve para trazer à luz algo que viveu nas sombras do relacionamento até então. Há uma boa chance de que esse sacrifício seja um dos maiores e mais desconfortáveis que você já fez. Talvez existam outras renúncias das quais seu parceiro tenha se dado conta, porém as mais dolorosas são aquelas sobre as quais menos falamos, se é que falamos. Depois de passar as duas últimas perguntas praticando como se debruçar sobre o conflito, você está pronto para esse momento. Mais uma vez, quanto mais disposto estiver para enfrentar o desafio que esta pergunta oferece, mais recompensas colherá da conversa. Isso é especialmente verdadeiro nesse ponto. Muitas vezes, a falta de reconhecimento dói muito mais do que o sacrifício em si. A linha entre oferta e renúncia pode ser bastante tênue. A única coisa necessária para transformar sacrifício em oferta é apreço. O simples passo de finalmente receber esse reconhecimento pode ser suficiente para desarmar qualquer bomba-relógio de ressentimento que tenha sido plantada por um sacrifício não valorizado.

Mas, até que isso aconteça, é natural sentir muitas emoções espinhentas em relação a seu parceiro enquanto vocês falam sobre um sacrifício não reconhecido. Descobri que é muito mais saudável desabafar essas emoções, principalmente quando você está em um espaço seguro para fazê-lo, do que deixá-las apodrecer sem serem ditas. E isso pode ser assustador. Você não apenas não tem certeza de como seu parceiro reagirá, como também não quer machucá-lo. Enfrente esse medo e lembre-se de que está protegido pela estrutura desta pergunta. Pode ser desconfortável no começo, mas, graças a ela, você e seu parceiro não ficarão presos em um espaço irreconciliável.

A verdadeira beleza desta pergunta está na terceira parte: "e por que acha que isso aconteceu?". Para se comprometer com as três partes desta pergunta, você precisa dar uma resposta na qual tente compreender melhor seu parceiro e as motivações dele para não ter reconhecido seu sacrifício. Isso convida o parceiro que carrega uma fonte de dor e ressentimento a se colocar no lugar do outro ao expressar o que sente. Ao partilharem por que imaginam que o sacrifício não foi reconhecido, cria-se espaço para construir empatia e compreensão — talvez uma compreensão que nunca foi alcançada até então. Talvez, ao explicar por que o parceiro não reconheceu aquela renúncia, você perceba que a situação o lembra de algum trauma relacionado à infância ou que, ao reconhecer, ele teria se exposto a um nível de sofrimento e vulnerabilidade que temia ter de encarar sozinho. Olhar profundamente para essa fonte de desconforto pode ajudá-lo a descobrir níveis de complexidade na pessoa amada que você não tinha enxergado claramente até o momento. Esse não é o espaço para curar esse trauma, mas sim para explorar os dois lados, o que permite que ambos sejam vistos e a transformação do que antes era ressentimento em uma compreensão mais profunda.

Essa mudança de perspectiva dá à sua resposta, por mais crua que seja, um fio de segurança — uma corda elástica que levará a conversa de volta a um lugar de compaixão, não importa quão profundamente você mergulhe nas emoções que cercam a dor que seu sacrifício não reconhecido causou.

Embora seja essencial falarmos sobre renúncias, perdas e questões, não ganhamos nada em punir emocionalmente alguém de quem gostamos. A parte final desta pergunta lhe dá a oportunidade imediata de mostrar carinho e compreensão por seu parceiro, o melhor remédio para qualquer atrito que um desabafo sincero tenha criado. Claro, isso só funciona em um relacionamento em que não haja dinâmicas abusivas, sociopáticas ou manipuladoras. Ter amor e cuidado por seu parceiro e praticar esse fluxo e refluxo de emoções — a exposição de uma mágoa, seguida por uma dose amorosa de compreensão — criam algo inestimável quando se trata de fortalecer e manter a conexão.

Kat e Christina: orgulhando-se de um amor feroz

Até agora, enquadrei esta pergunta como um possível ponto de conflito, no qual emoções reprimidas e ressentimentos ocultos decorrentes de um sacrifício sufocado são revelados antes que a empatia seja restabelecida entre vocês. Isso pode sem dúvida acontecer aqui, mas está longe de ser o único resultado possível da conversa sobre sacrifícios com seu parceiro. Vejamos novamente Kat e Christina, o casal cuja conversa abordamos na pergunta 1, como um exemplo de como essa questão pode funcionar quase ao contrário — quando um parceiro reconhece um sacrifício que o outro fez, talvez sem perceber, e isso resulta em risadas e em um maior sentimento de proximidade entre os dois.

Quando esta pergunta vem à tona, de início nenhuma das duas consegue concordar sobre quem se sacrifica mais no relacionamento. Tanto Kat quanto Christina acham que é a parceira quem carrega o maior fardo, e, quando uma delas aponta os sacrifícios que vê a outra fazer, ambas respondem com surpresa.

No momento em que Kat atesta que Christina faz mais sacrifícios, Christina arregala os olhos. "Agora fiquei curiosa. O que você quer dizer com isso?", pergunta ela.

"Você renuncia à sua sanidade pelos meus hábitos — meus hábitos de limpeza — e pela minha falta de organização e atenção", explica Kat, arrancando risadas de Christina. "Sei lá", prossegue. "Eu apenas sinto que realmente não sacrifico nada, então é você que se sacrifica mais."

"Posso te dizer uma coisa? Eu discordo", retruca Christina com um tom brincalhão.

"Sério?" Agora é a vez de Kat arregalar os olhos, incrédula. "Por quê?"

"Sua família não está exatamente comemorando o fato de você estar com uma mulher, né?", responde Christina.

Posso ver Kat realmente assimilando aquilo, pensando sobre o assunto. Ela diz à esposa que sente que Christina sofreu o mesmo nível de desconexão vindo de sua família. Mas Christina não concorda. Ela faz que não e diz: "Eles já me excluem por eu ser surda". Então volta o foco para a família de Kat.

"Em nosso relacionamento, eu vi como era difícil a relação entre você e sua mãe", diz Christina. Kat acena com a cabeça, aceitando o argumento. "Sinto muito por tocar nesse assunto outra vez, mas sua mãe chegou atrasada no casamento. Ela deveria levar você até o altar. Isso diz muito.

> **Eu amo você pelo quanto você me demonstra amor... porque nunca para de fazer isso, mesmo nos momentos mais difíceis... o amor que você transborda, o amor que você demonstra, está sempre jorrando mesmo quando tenta contê-lo, mesmo quando tento te dizer que eu não o mereço, ele sempre chega até mim."
> – Kadia

"Tenho medo de ir à falência"
Leia o QR code para assistir à conversa.

Sua mãe ainda está lutando [para aceitar nosso relacionamento]. Eu sinto que o relacionamento de mãe e filha é muito importante."

Christina continua listando vários relacionamentos de Kat que ao longo do tempo foram se tornando hostis ou se dissolvendo completamente como resultado da decisão de Kat de se casar com ela. Enquanto ela os lista, a expressão de Kat se fecha um pouco. Parece que sente o peso dessas perdas acumuladas, vendo, talvez pela primeira vez, que realmente sacrificou muito pelo relacionamento. Então Christina compartilha: "Sinto que a forma como lidamos com a vida é um pouco diferente. No meu caso, eu sentia que talvez já estivesse em desvantagem. Talvez eu tenha pensado: 'Sou negra, surda, mulher, que diferença faz? Já estou na pior. Que diferença faz?'. Mas, no seu caso, fica parecendo que... E não quero dizer que você teve que se rebaixar [para ficar comigo]. Você não fez isso. Mas você enfrentou muito mais obstáculos comigo do que eu com você".

O sorriso de Kat nesse momento é impagável. Realmente me parece que ela nunca havia de fato considerado as coisas das quais teve de abrir mão por causa do relacionamento delas. E, quando Christina reconhece esses sacrifícios, vejo que Kat sente orgulho de estar disposta a colocar seu amor em primeiro lugar, e esse sentimento flui por todos os seus poros. Talvez nunca tenha se dado conta de quão importante e sagrada é para ela sua conexão com Christina. Talvez Kat precisasse que suas ações fossem refletidas de volta, para que pudesse realmente ver a ferocidade e a força de seu amor pela esposa.

O presente que é o reconhecimento

Se olharmos para o que aconteceu entre Kat e Christina, foi o reconhecimento de Christina das renúncias de Kat que levou Kat a ver o relacionamento de outra perspectiva. O poder decorrente de receber um simples reconhecimento não deve ser subestimado.

Você se lembra de Kevin e Ivo, da pergunta 4, o casal cuja conversa sincera em torno de um ponto de relutância levou a uma reafirmação da conexão dos dois regada a lágrimas? A partir do ponto da conversa em que os deixamos, eles começaram a explorar mais profundamente o conflito que viviam. Depois de discutirem determinadas questões que não conseguiam resolver, decidindo, em vez disso, "concordar em discordar", fiquei com a sensação de que Kevin carregava grande parte da tensão do conflito em seu corpo. Houve um momento de silêncio entre os dois em que ele sorriu para Ivo, mas eu vi como um sorriso meio tenso e forçado.

Porém, naquele exato momento, Ivo quebra o silêncio, dizendo a Kevin: "Você carrega um fardo maior neste relacionamento do que eu. Eu sei disso. E sou muito grato". As mudanças no corpo e na expressão de Kevin à medida que o reconhecimento de Ivo o atinge são monumentais. Toda aquela tensão o abandona, e um sorriso relaxado toma conta de seu rosto. "Obrigado!", diz ele com um suspiro, curvando o corpo para a frente ao sentir o alívio trazido. "Obrigado."

Sentir o reconhecimento que seu parceiro ainda tem a oferecer pode ser tudo de que você precisa para relaxar a tensão que se instalou no espaço entre vocês dois. Na verdade, esse simples reconhecimento pode ser suficiente para transformar o sacrifício de um ponto de dor em um ponto de orgulho. Desde o momento do reconhecimento até o final da conversa, posso ver Kevin brilhando com uma sensação de amor-próprio e empoderamento diante da evidência de que seus sacrifícios desconfortáveis tiveram um efeito positivo para Ivo. Muitas vezes, quando sacrifica algo e isso é reconhecido, você se sente bem porque está fazendo algo por outra pessoa. Você a apoia. Está dando um pouco de si mesmo para alguém de quem gosta, e poucas coisas na vida são tão inerentemente maravilhosas quanto isso. Mas não há receita melhor para um ressentimento instantâneo do que dar um presente que não é reconhecido, não é apreciado ou é totalmente ignorado. O reconhecimento pode fazer toda a diferença.

Também é interessante a relação entre esta pergunta e as duas que a precedem. As perguntas 4, 5 e 6 controlam como a dinâmica entre vocês lida com o conflito. A pergunta 4 é sobre hesitação, ou seja, é sobre uma semente que, se for ignorada, crescerá e se transformará naquilo que a pergunta 5 explora: o maior desafio. A pergunta 6 é sobre o sacrifício não reconhecido, no qual alguém resolveu uma questão, mas não recebeu o reconhecimento do outro. Em outras palavras, em vez de tentar enfrentar um desafio em equipe, um dos envolvidos na relação encontrou uma forma de resolvê-lo e, assim, engoliu e lidou sozinho com o problema, o que pode acabar levando ao ressentimento. Portanto, essas questões estão relacionadas na medida em que lidam com a semente de um possível conflito, tal como é agora, e possivelmente um que não foi adequadamente resolvido e acabou apodrecendo.

Sugestões para absorver essa pergunta

Não tenha pressa com esta pergunta. Existem várias camadas, e cada uma delas pode ser o catalisador para uma conversa catártica e curativa entre você e seu parceiro. Vá devagar. Não sinta que precisa correr para passar para a pergunta seguinte. Deixe sair tudo que precisa sair. Então deixe o outro responder. Esse pode ser um momento valioso em que um aprende algo novo sobre como o outro lida com as interações que causam atrito entre os dois. Deixe que esta pergunta faça sua mágica, mudando a perspectiva sobre um ponto de conflito. Se você dedicar tempo suficiente, ficará surpreso com quanto isso pode aprofundar a compreensão que tem de seu relacionamento.

PERGUNTA 7:

QUAL DAS MINHAS DORES VOCÊ GOSTARIA DE CURAR E POR QUÊ?

Esta é uma das perguntas mais profundas e desafiadoras para destrinchar. Estamos todos tendo esta experiência humana, que em grande parte resulta da interação entre conexão e desconexão, integração e solidão, felicidade e tristeza. Dor e alegria são o eixo em torno do qual gira nossa experiência de viver e se envolver em relacionamentos, íntimos ou não.

Em parte, a vida é sofrimento, e tendemos a recorrer aos outros, em especial aos nossos parceiros íntimos, para curar a dor dentro de nós. Mas, na maioria dos casos, eles não conseguem nos curar, e suas tentativas, bem-intencionadas mas inúteis, tornam-se fonte de mais sofrimento — um sofrimento sentido por ambas as partes. Embora só nós sejamos realmente capazes de curar a nós mesmos, essa cura pode ser apoiada por aqueles que nos rodeiam e cultivam um espaço para que isso aconteça. Muitas vezes, apenas o desejo sincero de nosso parceiro de nos curar cria e nutre esse espaço.

Em {THE AND}, muitas vezes chegamos ao clímax com esta pergunta, pois esse é o espaço mais vulnerável em que vivemos e, embora explorá-lo possa ser desafiador, muitas vezes é o que solidifica o relacionamento. Por um lado, na maioria das vezes, você deseja ser curado por seu parceiro. Por outro, na maioria das vezes, seu parceiro quer curá-lo, mas não consegue. Esta pergunta revela a vulnerabilidade de ambas as partes: o desejo de uma de curar e o da outra de ser curada. Revela a oportunidade de apoiar e nutrir, que liga inextricavelmente as duas partes e pode ser a base inconsciente do relacionamento.

Vocês conhecem intimamente a dor um do outro

Em {THE AND}, esta pergunta geralmente é feita assim: um participante pega o cartão e o lê para si mesmo, antes de lê-lo em voz alta. As emoções podem começar a aflorar antes mesmo de dizer a pergunta em voz alta para a outra pessoa. Ele já está enfrentando aquela dor, sentindo não apenas seu peso, mas também a beleza que há no desejo do parceiro de curá-lo e a tragédia que sua incapacidade de fazer isso representa. A pessoa sabe exatamente o que seu parceiro dirá. E, uma vez que a pergunta é feita, o entrevistado se identifica e passa a sentir a dor do outro imediatamente. Ainda que não seja dele, mesmo assim a dor é sentida. Ele a tem dentro de si por associação.

Quando essa pergunta surgiu durante a conversa entre Maddi e Martin, Maddi começou a chorar antes mesmo de lê-la em voz alta. Ela já sentia a própria dor e a dor que Martin sente por não ser capaz de curá-la. Quando ela faz a pergunta, ele nem precisa responder. Martin fica emocionado porque sente a dor dela e a própria frustração, ou porque sente a simpatia dela por seu desejo inalcançável de curá-la? Todo um universo de conexão, compreensão e amor entre eles é revelado enquanto simplesmente ficam ali sentados e olham um para o outro em meio a lágrimas. As estrelas daquele universo, por mais belas e brilhantes que sejam, são cristalizadas pela dor.

Isto é algo intrínseco a todo relacionamento com certa extensão e profundidade de intimidade: você conhece a dor da outra pessoa. É capaz de senti-la em suas entranhas, mesmo não sendo sua. O que isso diz sobre nós, humanos? O que isso diz sobre empatia? E como a sua percepção da dor de seu parceiro muda com o tempo? A dor se dissipa à medida que vocês dois se acostumam a ela? E o que podemos de fato fazer para curar uns aos outros?

Este é o clímax emocional da conversa que você e seu parceiro estão travando juntos. As perguntas 1, 2 e 3 construíram confiança entre vocês, reforçando e lembrando-os do amor e do apreço que compartilham um pelo outro. As perguntas 4, 5 e 6 prepararam você para a vulnerabilidade necessária para enfrentar esta pergunta com o coração aberto. Respire fundo e mergulhe; você está pronto para isso.

Lynnea & Eliza: como se tornar um guia na jornada de cura de seu parceiro

As emoções estavam à flor da pele desde a primeira pergunta que Lynnea e Eliza fizeram uma à outra durante sua conversa. Juntas há nove anos, eu tinha a impressão de que haviam passado por muita coisa pela forma como elas interagiam. Mas quando Eliza — usando um boné preto e vermelho virado para trás, camiseta preta, short vermelho e tênis de basquete vermelhos combinando — pergunta que dor Lynnea gostaria de poder curar nela, a porta se abre para que a conversa adentre um nível de profundidade ainda maior de verdade emocional.

No instante em que Eliza termina de fazer a pergunta, Lynnea, cujo cabelo pintado com as cores de arco-íris e o vestido tie-dye contrastam completamente com a roupa esportiva de sua esposa, está pronta para responder. Ela conhece o fardo mais pesado que Eliza carrega, sem dúvida, e responde de imediato.

"A perda da sua mãe." Ela balança a cabeça, e tenho a sensação de que está sentindo o peso daquela perda pressionando os ombros de ambas. "Eu realmente gostaria de poder curá-la", prossegue Lynnea, "mas sei que jamais conseguirei."

Ao longo da conversa, Eliza permitiu que suas emoções fluíssem corajosamente. Ela riu e chorou livremente, de coração aberto, sempre que se sentiu motivada a fazê-lo. Porém, diante de um assunto tão doloroso, ela cobre os olhos com os óculos escuros. Os músculos de seu rosto se esforçam para conter a dor. Parece que é simplesmente grande demais para que se permita senti-la por completo.

"O que eu quero que você faça é se curar", Lynnea continua, mordendo o lábio enquanto observa Eliza. "Porque ninguém pode curar sua dor." Com sua expressão, Lynnea parece dizer que ela sabe que não é isso que nenhuma das duas quer ouvir, mas é a realidade mesmo assim. Talvez a ideia de se curar pareça opressora para Eliza. Como ela poderia fazer isso? Por onde começaria? Como dirá em seguida, Lynnea gostaria de se encarregar daquele processo por Eliza, mas ela sabe que não é possível. Curar essa dor é o desafio de Eliza, que só ela pode superar.

Então, o que Lynnea faz? Tenta dar a Eliza diversas perspectivas sobre como processar a dor que ela sente e que podem ser úteis na jornada de sua parceira rumo à cura.

"Só quero que você entenda o que aconteceu enquanto [sua mãe] estava aqui", diz Lynnea, começando com um ponto de vista racional. "Você sabe que ela estava doente, querida. Não foi como se tivesse sido assassinada ou algo assim. Ela morreu de uma doença contra a qual lutou durante anos."

Então Lynnea mostra a Eliza o peso de aguentar aquela dor. "E você colocou sua carreira universitária de lado, colocou tudo em segundo plano e deixou pra lá... para cuidar da sua mãe." As palavras de Lynnea ficam presas em sua garganta quando diz isso e se conecta aos sacrifícios excruciantes que Eliza fez. Só naquele momento, quando as emoções de Lynnea começam a transparecer, é que Eliza se permite e começa a chorar. Será que ela está chorando porque vê a forma como seu sofrimento é refletido para ela através de Lynnea e fica apenas comovida com a força e a solidariedade que há na conexão entre elas? Ou está vendo claramente como sua dor assombra não apenas a ela, mas a seu relacionamento, como essa dor habita o espaço entre ela e Lynnea, fazendo com que todos esses sentimentos surjam dentro dela de uma só vez, em uma imensa onda de catarse?

"Acho que ninguém se recupera depois de perder um dos pais, especialmente a mãe", prossegue Lynnea, "mas, se eu pudesse, ficaria com ela para mim. Eu ficaria com a sua dor... Porque você já sabe como eu lido com a dor. Eu não deixo que ela me mate. Você não deveria estar fazendo isso. Você deveria aprender suas lições, sejam elas boas ou ruins, seja uma perda ou um ganho, você precisa apenas aprender a conviver com isso, porque isso é seu e jamais desaparecerá. Eu só quero que você aprenda a conviver com essa ferida sem que ela acabe com você."

Mesmo diante do fato de que não é capaz de fazer a dor de Eliza desaparecer, o que Lynnea fez foi aproveitar aquela oportunidade para oferecer conselhos solidários que espera que ajudem sua parceira a aprender a se curar. O que mais podemos fazer pelos nossos entes queridos além disso? Tornar-se um recipiente empático para sua cura, permitir que o relacionamento seja o espaço compassivo no qual podem encontrar seu próprio caminho para a paz e fazer o melhor para criar espaço para essa jornada.

Evitando um ciclo de sofrimento

Como Lynnea aponta, tentar curar a dor de nosso parceiro é geralmente um exercício inútil. Mesmo se deixarmos de lado a quase impossibilidade de realmente remover a dor de outra pessoa, seria isso de fato a melhor coisa a fazer? Ou isso roubaria dela algumas das oportunidades mais profundas de crescimento e autoconhecimento que a vida coloca diante de nós?

Além disso, o ato de tentar curar a dor de nosso parceiro (e provavelmente fracassar) geralmente tem um custo. Torna-se uma fonte de mais sofrimento, não apenas para nós mesmos, à medida que lutamos contra nossa própria impotência, mas também para quem a gente ama. Como você se sentiria vendo que sua dor não está machucando apenas você, mas também a seu parceiro enquanto ele luta para consertar algo sobre o qual não tem controle? Andrew e Jerrold abordaram isso na conversa para {THE AND}: Andrew conta que, no passado, testemunhar os esforços bem-intencionados de Jerrold para ajudá-lo a superar seus momentos mais dolorosos só fazia com que Andrew se sentisse pior.

"Uma das coisas mais difíceis é ter que admitir que não há nada que você possa fazer para ajudar e depois ver como isso te faz se sentir impotente e te entristece", compartilha Andrew. "É simplesmente terrível porque, se eu pudesse fazer você mais feliz, eu faria. Mas há momentos na vida em que ninguém pode ajudá-lo, e você só precisa superar." Felizmente, eles conseguiram quebrar esse ciclo de sofrimento quando Jerrold percebeu que "tinha que abrir mão do controle", recuar e deixar Andrew encontrar seu próprio caminho para a cura.

Mas isso não significa que nossos parceiros não possam nos ajudar enquanto tentamos superar nossa dor. Na verdade, eles podem ser nossos mais valiosos recursos de apoio enquanto aprendemos como nos curar. Talvez seu parceiro enxergue a dor que você se recusa a enxergar, mas mesmo assim sente. Talvez ele esteja vendo o que você não consegue ver ou não consegue olhar por ser doloroso demais. Quer possa ver ou não, você sente, isso é certo. A dor é tão forte que você se sente incapaz de olhar para ela, porque assim teria que lidar com ela de fato.

Pense no corpo humano. O que acontece quando você se machuca fisicamente? Toneladas de endorfina e adrenalina são bombeadas para que não sinta dor. Você entra em choque. Você pode ver seu osso saindo da pele, mas não necessariamente sente. Essa é a maneira de seu corpo ajudá-lo a lidar com a situação para que você consiga buscar ajuda. Nossa psique é capaz de fazer a mesma coisa com a dor emocional, mas funciona de maneira oposta: você sente a dor, mas não a vê, porque sua mente entorpece você. Ainda assim, ela está operando no subconsciente. Essa dor invisível se manifestará nas escolhas de vida que você faz *e não faz,* na maneira como é acionada, nos parceiros que escolhe e no modo como se envolve em seus relacionamentos. Ela se manifesta, mas você não a vê de fato. Só vê as consequências.

●●●

Seu parceiro também vê as consequências de sua dor invisível, como Lynnea apontou ao falar sobre as escolhas que Eliza fez enquanto estava na faculdade. Com bastante frequência, ele consegue rastrear a maneira como a dor se manifesta até a fonte, identificando o que sua mente o impede de enxergar por completo. Ele pode estar em uma posição única para gentilmente ajudá-lo a remover a armadura protetora que o impede de ver e, assim, chegar até a pedra de onde emanam as ondas de dor que se espalham por sua vida. Então nesse momento, quando essa pergunta surge, você está prestes a ouvir o que seu parceiro vê e para onde você se recusa a olhar porque vem anestesiando aquela dor. Por mais assustador que isso possa ser, lembre-se de que a dor existe, quer você olhe para ela ou não. E, se olhar para ela, estará um passo mais próximo de curá-la.

É possível que, no momento em que seu parceiro apontar a dor com a qual você não está lidando, isso gere mais tensão, porque ele pressiona você a olhar para ela. Quando isso acontece, não é incomum sentir que o problema é o outro, que o esforço dele para guiá-lo em direção — e, portanto, através — à sua dor é algo que ele está fazendo para machucá-lo, em vez de

> **É impossível apagar a dor de alguém, mas você pode lhe dar amor."**
> – DaiAwen

"Quem é mais julgado em nosso relacionamento inter-racial?"
Leia o QR code para assistir à conversa.

um favor a você. Faça seu melhor para enquadrar essa oferta de consciência como um presente, um presente que seu parceiro está lhe dando para ajudar em seu caminho para a cura.

Sugestões para absorver esta pergunta

Desacelere. Respire fundo algumas vezes. Geralmente, quando estamos com dor, aceleramos para superá-la o mais rápido possível. Nosso instinto é lutar ou fugir. Mas o truque é se manter no lugar. Saiba que sua mente está fazendo o possível para protegê-lo. Diga a si mesmo que há algo para aprender e pratique sentir sua dor. Vai passar. Tudo passa. "Isto também passará" não é apenas um bom provérbio, mas uma verdade profunda. Um princípio fundamental na vida é que mudanças são uma constante. Nada permanece igual. Nunca.

Sabendo disso, não se apresse em responder a esta pergunta. Ao desacelerar, você estará criando o espaço necessário para a cura. Não negue a si mesmo a oportunidade de crescer quando a dor ou o medo se apresentarem. Em vez disso, diminua a velocidade e agradeça. Agradeça à vida pela oportunidade de se curar e crescer.

•••

Ao ver os participantes pensando nas respostas à pergunta, fiquei impressionado com o processo:

Primeiro, respire algumas vezes para desacelerar.

Em segundo lugar, agradeça ao outro por compartilhar o que está vivenciando. Ser grato por seu parceiro articular algo que ele sabe que pode ser muito doloroso para você é um sinal maravilhoso de confiança e fé na conexão que há no relacionamento de vocês.

Terceiro, reflita. Veja o que surge e não reaja. Apenas testemunhe sentimentos e pensamentos. Não há necessidade de responder. Você não precisa resolver nada, defender nada, explicar nada. Apenas ouça. Observe o que acontece em sua psique. Crie essa distância entre você e as emoções que está sentindo. Isso facilitará o aprendizado.

Por fim, se desejar, repita a si mesmo o que ouviu seu parceiro dizer. Esta é uma experiência realmente valiosa porque você está falando sobre si mesmo, mas da perspectiva do outro. E isso proporciona uma espécie de experiência extracorpórea. Mais importante ainda, comece a separar a dor de quem você é. Você não é sua dor; você é apenas a pessoa que sente a dor. Muitas vezes esquecemos essa importante distinção, quando estamos tão entrelaçados com a dor que acreditamos que nós *somos* a dor. Isso não é verdade. Ela é apenas algo que carregamos conosco.

•••

Uma pergunta que vale a pena explorar é: "Como essa dor me serve?". Às vezes carregamos uma dor porque ela possibilita algo mais em nós — uma razão para não fazer alguma coisa ou uma justificativa para não buscarmos algo que realmente desejamos.

Permita-se refletir sobre o que quer que surja nas horas ou até nos dias seguintes. Talvez algo importante resulte diretamente dessa pergunta; talvez seja preciso mais tempo, mais conversas, mais exploração. A questão é: a semente do crescimento brotou e você articulou a dor, trazendo-a das sombras para a luz. Agora você pode ver no que ela pode se tornar ao florescer.

PERGUNTA 8:

POR QUAL EXPERIÊNCIA VOCÊ GOSTARIA QUE NÓS NUNCA TIVÉSSEMOS PASSADO E POR QUÊ?

Uma ferida interna de alguém pode ter um efeito emocional profundo em seu parceiro. Mesmo que tenha sido causada por algo que apenas um de vocês experimentou diretamente, ela pode se inserir no espaço entre vocês, tornando-se uma espécie de cruz compartilhada, carregada por ambos. Mas e as experiências dolorosas que envolvem os dois desde o início? E os obstáculos que enfrentaram juntos?

Tendo a pergunta 7 abordado suas feridas individuais, a pergunta 8 agora convoca você a observar uma ferida conjunta que compartilha com seu parceiro. Revisitar essa experiência desconfortável pode reforçar um forte vínculo de solidariedade entre vocês, provocar um suspiro de alívio durante a conversa enquanto debatem como essa experiência começou e terminou ou ainda, o que é mais importante, dar a chance de cada um ter uma nova perspectiva sobre um acontecimento que considera doloroso, talvez permitindo que você o veja sob uma luz totalmente nova.

Explorando a ferida conjunta

A principal diferença entre o que será discutido aqui e quaisquer fontes de dor exploradas na pergunta anterior é que as experiências que causam feridas conjuntas afetam a união do casal; é uma dor sustentada pela conexão entre vocês. Isso não quer dizer que essa experiência tenha sido culpa sua ou que algum de vocês tenha feito algo para causá-la.

Pelo contrário, por ser uma experiência compartilhada, não poderia ter acontecido sem que o relacionamento existisse. É mais um exemplo da singularidade que a sua conexão com seu parceiro trouxe ao mundo. Quer seja bonito ou sofrido, seu relacionamento é uma fonte constante de criação, um sol potente em torno do qual gira uma galáxia inteira — cheia de maravilhas, tristezas e tudo mais. Ao responder a esta pergunta com seu parceiro, será que vocês conseguem, juntos, encontrar a dádiva que há em tudo isso?

Observe como a ordem das perguntas colocou a ferida individual e a ferida conjunta em diálogo. Apesar da diferença fundamental entre uma fonte de dor sentida individualmente e outra experienciada de maneira coletiva, fazer essas perguntas uma após a outra pode mostrar uma ligação entre as duas. Um dos padrões mais difíceis de quebrar na vida é a maneira como nos relacionamos com a dor. A forma como interpretamos e decidimos nos envolver com as coisas que nos magoam ou nos afastar delas pode se tornar parte de nossa identidade. Talvez fosse um modo inconsciente de existirmos no mundo durante a infância e a adolescência que possivelmente não nos sirva mais. Será que explorar uma ferida conjunta com seu parceiro e aproximar cada uma das suas reações lhe permitirá descobrir um padrão na maneira como você reage a experiências dolorosas?

Enquanto você e seu parceiro respondem a esta pergunta, é uma boa ideia prestar atenção em que ponto as percepções subjetivas que vocês têm das experiências indesejáveis desse passado comum se alinham e em que ponto divergem. Quando questionado em {THE AND}, ou um casal terá a mesma experiência em mente e concordará sobre o que essa experiência significa no contexto da relação, ou suas respostas vão diferir de formas interessantes e esclarecedoras. Talvez os dois escolham situações totalmente diferentes, ou talvez escolham a mesma e a interpretem de um jeito diferente. Um parceiro pode ver uma ferida conjunta como algo que gostaria que jamais tivesse feito parte de sua experiência, mas o outro pode enxergá-la como um rito de passagem necessário.

Ben e Sidra — veteranos que já haviam participado de muitas conversas em {THE AND} e que em tese praticam esse tipo de conversa íntima em sua vida diária — já tinham uma perspectiva mais geral de uma ferida conjunta quando a pergunta surgiu para eles. Podemos ver como até as experiências mais indesejáveis podem se tornar trampolins valiosos no caminho para um relacionamento feliz e saudável. Quando Ben faz esta pergunta a Sidra, ela já está olhando para os momentos dolorosos do passado sob essa ótica. Antes que responda, tenho a impressão de vê-la relembrando essas experiências difíceis. Apenas de observar sua expressão, sinto que ela está realmente mergulhando, deixando as emoções que sentiu no passado tomarem conta mais uma vez. Contudo, mesmo depois que esses sentimentos entram no espaço da conversa, ela fala a partir de sua perspectiva atual — um ponto de vista abrangente de onde pode ver todo o seu relacionamento com Ben exposto à sua frente.

"É realmente difícil dizer que eu gostaria que X nunca tivesse acontecido porque é a soma de tudo que nos traz até o agora", diz ela. "Poderia haver maneiras mais fáceis de aprender essas lições? Não sei. Às vezes, você só aprende essas lições na marra. Eu poderia tranquilamente dizer que gostaria que nunca tivéssemos nos mudado para Pittsburgh." Ben assente, lembrando-se dessa ferida conjunta específica que compartilhavam. "Nunca fiquei tão deprimida", continua Sidra. "Nunca me senti tão triste. Nem me senti tão sozinha... Eu me sentia completamente à deriva de mim mesma... Mas não posso dizer que gostaria que isso não tivesse acontecido. O desmoronamento do nosso relacionamento foi o que nos permitiu reconstruir outro mais forte. É difícil dizer que me sinto grata por tudo isso, mas é verdade. Eu me sinto grata por tudo isso ter nos trazido até aqui."

Marcela & Rock: um reenquadramento profundo

Uma das minhas coisas favoritas sobre {THE AND} é poder observar os participantes passando por mudanças de paradigma em tempo real. O que acontece quando Marcela pergunta a Rock, seu marido há sete anos, que experiência ele gostaria que nunca tivessem compartilhado é um excelente exemplo de como ter uma conversa íntima pode levar diretamente a uma mudança curativa de perspectiva.

"Minha resposta é uma palavra", diz Rock, erguendo as sobrancelhas. "Prisão."

"Eu diria a mesma coisa", responde Marcela, balançando a cabeça. "Prisão."

Nesse caso, o casal concordou — imediata e inequivocamente — que aquela experiência era a maior ferida conjunta que partilhavam.

Entretanto, à medida que a conversa se desenvolve, torna-se claro que cada um deles tem interpretações muito diferentes dessa ferida e do significado na relação.

"Se eu pudesse mudar nosso relacionamento", diz Rock, com seus longos dreadlocks bem amarrados atrás da cabeça, "seria uma parte da nossa história." Ele olha para baixo, e o ritmo de suas palavras diminui. Ele parece estar revivendo

> "Jamais quero que você se esqueça da quantidade de luz que você tem em meio à escuridão pela qual passou."
> – Raheem

"Como abrir nosso relacionamento acabou conosco"
Leia o QR code para assistir à conversa.

todos os eventos difíceis que resultaram de seu encarceramento. Sua voz soa quase como se estivesse sendo esticada através do tempo. "Foi muito complicado passar por muitas das situações pelas quais passamos."

Assim que ele termina de falar, Marcela entra na conversa. "Sim", diz, "mas, se não tivéssemos vivido aquilo, não estaríamos aqui hoje, casados há tanto tempo, e não teríamos o relacionamento que temos." Aqui ela desacelera, certificando-se de que cada uma de suas palavras tenha certo peso. Parece-me que quer desesperadamente oferecê-las a Rock, a fim de absolvê-lo de parte da dor residual que ele carrega há anos. "Tivemos que suportar o que [suportamos] no passado. Tínhamos que estar onde estávamos. Tivemos que passar por tudo o que passamos." Mesmo enquanto revive esses momentos difíceis em sua mente, o sorriso brilhante e alegre que ela abre diversas vezes ao longo da conversa anima seus olhos, encontrando maneiras de se comunicar por trás da expressão séria.

Enquanto ela fala, o queixo de Rock vai caindo. Fico com a impressão de que ele está chocado com o fato de sua parceira ter sido capaz de ver os muitos momentos difíceis nascidos daquela palavra tão difícil pronunciada por ele — *prisão* — como resultados positivos. Quase posso ver as lembranças e emoções ligadas a eles sendo deslocadas dentro de sua mente.

"Todas as coisas que conquistamos", prossegue Marcela. "Temos um filho juntos. Não era para termos filhos. Não era para termos o que temos agora." Está claro para mim que o subtexto é que ela acredita que eles não teriam crescido individual e coletivamente se não tivessem enfrentado seus desafios como o fizeram. Tudo isso rendeu muitos presentes que estavam além do que qualquer um dos dois jamais esperou.

Rock morde o lábio. Ele se recosta na cadeira. Parece que não consegue acreditar. Então olha para o teto. Respira fundo, assimilando essa ressignificação grandiosa da história dele com Marcela. Depois ele relaxa. Sinto que aceita, como se visse o passado deles, pela primeira vez, a partir da perspectiva abrangente que Marcela acaba de oferecer. Ele ergue as sobrancelhas novamente, parecendo impressionado.

"Essa foi uma resposta bastante profunda", diz ele.

A hora da mudança de foco

Tenho a sensação de que Rock experimentou algo que gosto de chamar de "hora da mudança de foco": o momento em que você tem um insight que, de forma repentina e clara, coloca o passado em contexto. No cinema, essa técnica é chamada de *rack focus*, e nos utilizamos dela o tempo todo. Quando um cinegrafista está operando uma câmera no set, usar essa técnica significa levar o foco para uma nova imagem. Esse mesmo choque de clareza pode acontecer quando revisitamos momentos de nosso passado, especialmente durante uma conversa com um parceiro. Mesmo que Rock esteja usando óculos escuros, é possível ver isso acontecendo com ele enquanto Marcela expressa nada menos do que gratidão pelas dificuldades que compartilharam. Se você assistir à conversa completa, verá que esses não são obstáculos triviais no caminho de alguém; Marcela fala com gratidão sobre os anos do relacionamento mantido apesar do arame farpado do corredor da morte, das portas trancadas do confinamento solitário e de todos os momentos desafiadores que isso envolve. O poder desse sentimento tem um impacto imediato em Rock. Num piscar de olhos, ele enxerga o propósito do sofrimento compartilhado, vê como, juntos, eles o transformaram em alegria compartilhada.

Eu sei quão incrível pode ser a sensação causada por uma mudança como essa. Filmar {THE AND} me deu foco. Compartilhei com você que durante décadas o divórcio dos meus pais e a consequente dificuldade que tive de permitir a presença da intimidade em minha vida foram uma fonte de sofrimento para mim. Relacionamentos fracassados e situações de pura frustração e desespero se espalham durante meus 20 e 30 anos como migalhas de pão, formando um caminho que desci tropeçando desajeitadamente. Carreguei o tormento dessas experiências por muito tempo. Durante anos, pareceu nada mais do que sofrimento inútil. Mas então, quando eu tinha cerca de 40 anos, enquanto filmava uma das centenas de conversas para {THE AND}, algo se abriu para mim, e minha perspectiva sobre meu passado mudou totalmente. Vi o arco claro da minha vida até então, a forma como todo o meu sofrimento foi o catalisador desse projeto que tanto amo e me preenche mais completamente do que jamais poderia imaginar.

Ao longo de todo esse tempo gasto aprimorando minhas habilidades como cineasta, correndo atrás de minha paixão, eu me perguntava por que exatamente estava fazendo tudo aquilo. Mas as conversas que testemunhei me mostraram que focar a conexão humana era minha vocação. Todos aqueles momentos entre os participantes de {THE AND} durante os quais um nível de profunda intimidade é alcançado, sentido e oferecido entre duas almas em uma dança sagrada de emoção eram algo que eu nunca havia testemunhado nem imaginado ser possível quando jovem. Nada disso poderia ter acontecido se eu não tivesse experimentado aquela dolorosa ferida inicial e todo o sofrimento que se seguiu, porque ele causou a fome que criou esse presente que agora posso compartilhar com outras pessoas.

Quando tudo isso se fundiu à minha frente em um momento de clareza cintilante, senti um peso enorme sendo tirado dos meus ombros. Não fora tudo em vão. Houve um propósito para minha dor e para minha confusão. Por muitos anos eu não tinha ideia de qual era, mas então, em determinado momento, a hora da mudança de foco me atingiu como um trem de carga, e quase fui despedaçado pela força da gratidão que senti pela jornada trilhada.

•••

Essa é a minha história. Agora, qual é a sua? Seja qual for, está acontecendo com você agora mesmo, enquanto lê estas palavras. Existe alguma ferida — individual ou coletiva — que você carrega, imaginando, enquanto dói, para que poderia servir? Eu realmente acredito que, se você percorrer o mundo com o coração aberto e uma mente curiosa, em algum momento entenderá por que as coisas aconteceram de determinada maneira. A hora da mudança de foco chegará, e você terá mais de um momento assim. Terá muitos. Aprenda com uma pessoa que não conseguia imaginar ter uma conexão íntima com outro ser humano e agora é autora de um livro sobre como não apenas fazer conexões íntimas, mas como aprofundá-las ainda mais.

Sugestões para absorver esta pergunta

Esta pode ser uma pergunta difícil quando experiências difíceis são revividas ou trazidas sob uma nova perspectiva. As emoções certamente virão à tona. Mas emoções precisam vir à tona e ser sentidas para serem liberadas. Não pensadas, mas realmente sentidas. Assim como uma fotografia vale mais que mil palavras, uma emoção vale mais que mil pensamentos. Então pare de pensar e simplesmente sinta.

Isso é o que as pessoas gostam de chamar de *processar emoções*. Mas o que significa? Essa é uma maneira desnecessariamente complicada de descrever. Poderíamos facilmente dizer "sentir" nossas emoções. Todas as emoções que desejam ser sentidas. É quando você tenta resistir às emoções, quando tenta mitigar toda a sua força em vez de senti-las ou julga a si mesmo por tê-las que elas permanecem. Você descobrirá que, se realmente se permitir sentir suas emoções, elas seguirão o próprio caminho muito mais depressa, interrompendo milhares de pensamentos e dando origem a sentimentos que podem ser vividos no corpo e permitindo que você experimente qualquer nova emoção que a vida lhe lançar a seguir. Esta pergunta dá a você e a seu parceiro um espaço para fazerem isso juntos.

Às vezes, nada precisa ser dito em resposta a esta pergunta. Isso acontece o tempo todo em {THE AND}. Ambos os parceiros sabem qual é a ferida conjunta, mas não querem falar sobre ela diante das câmeras. No entanto, nas conversas mais construtivas, os participantes não seguem em frente como se não fosse nada. Ficam ali sentindo a emoção em silêncio, fazendo contato visual e mergulhando em si mesmos. Às vezes isso basta.

E, depois de sentir a emoção, permita que ela siga adiante. Seguir em frente depois de reservar um tempo para sentir é fundamental. Você não precisa ficar preso em um local de desabafo sobre algo difícil. Deixe que essa emoção reprimida saia no espaço que você criou para esta conversa. Permita-se sentir. Permita que seu parceiro sinta. Reconheça essa emoção e deixe que ela se vá. Depois que a emoção for sentida, você será capaz de resolver o verdadeiro problema que a causou com maior clareza.

PERGUNTA 9:

O QUE VOCÊ ACREDITA ESTAR APRENDENDO COMIGO?

Até agora nenhum cientista, grande filósofo ou sábio líder espiritual apresentou uma resposta definitiva com a qual todos concordamos sobre o motivo de estarmos aqui no planeta Terra. Não afirmo me enquadrar em nenhuma dessas categorias, mas, levando em consideração o que aprendi ao longo da vida, se tivesse que dar meu melhor palpite, diria que estamos aqui para aprender — e não, não para aprender o tipo de conhecimento esotérico que os iogues buscam quando meditam sozinhos em cavernas; estamos aqui para aprender uns com os outros. Você pode aprender lições valiosas e até profundas com um professor universitário, colega de trabalho ou com o cara que te fecha no trânsito. Mas as lições mais profundas da vida, as lições sagradas, são aquelas que você aprende com as pessoas de quem é mais próximo. Nossos relacionamentos íntimos e as pessoas com quem os construímos podem ser nossos maiores professores.

Então, o que você está aprendendo com a pessoa sentada à sua frente? Quais presentes duradouros ela oferece para você levar consigo quando sair da conversa ou do relacionamento em si? Como é a experiência de participar de uma dança sinérgica com outro ser humano que ensina algo a você dia após dia?

Abrindo-se para um sopro de gratidão

Esta pergunta vem logo após uma sucessão de oportunidades para mergulhar no desconforto e no conflito que o levam ao clímax catártico da conversa. Essa parte da experiência às vezes pode ser como submeter o relacionamento a uma nova cirurgia, rompendo todas as suas defesas e expondo suas partes vulneráveis e as de seu parceiro, que estão lá dentro misturadas. Talvez ressentimentos profundos tenham sido exumados e trazidos à luz. Talvez lembranças dolorosas tenham sido desenterradas para que pudessem ser reunidas em um espaço estimulante e de apoio. Ou talvez não. Não importa o que aconteceu com você e seu parceiro, respire fundo e reconheça sua coragem por ter chegado ao outro lado. Parabéns, essa parte da conversa acabou. Você conseguiu. Você sobreviveu — seu relacionamento, espero, está mais forte, saudável e revitalizado por você ter optado por se submeter a esse procedimento. Mas você não pode simplesmente deixar o relacionamento largado na mesa de operação. Agora é a hora de começar a suturá-lo ao ser diretamente grato a seu parceiro e a tudo o que ele lhe ofereceu nesse espaço.

Você está constantemente aprendendo lições preciosas com seu parceiro, coisas pelas quais pode ser grato, não importa o que tenha surgido ao longo das últimas perguntas. É aqui que o foco muda para os presentes irrevogáveis que seu parceiro lhe deu apenas por estar em sua vida. Se a conexão entre vocês foi desafiada pelas questões anteriores, ela será agora reafirmada, pois você é convidado a apreciá-la sob uma nova luz. Ser vulnerável não o matou. Na verdade, o que isso fez foi levá-lo a um estado de gratidão, no qual você poderá apreciar lições valiosas que seu parceiro está lhe ensinando.

Observe como esta pergunta convoca seu parceiro a compartilhar o que está aprendendo com você, em vez de pedir que diga o que está ensinando. Isso o coloca em uma posição de admiração e reconhecimento, e não de exaltação do ego. Ao reconhecer que estão aprendendo, ele fala com humildade. Ele mostra de que maneiras é o aluno e você o professor. Quando a pergunta é invertida e você tem a oportunidade de responder, essa dinâmica de poder muda; você se torna o aluno e ele, o professor. Esse toma lá dá cá destaca a interação simbiótica em que ambos estão envolvidos enquanto vivem uma vida juntos, uma vida que é exclusiva da conexão específica que há entre vocês.

Andrew & Jerrold: espelhos feitos sob medida

Vamos revisitar a conversa de Andrew e Jerrold por um momento para ver o valor do aprendizado que nossos parceiros podem nos oferecer, bem como de que maneira as lições que nos ensinam tendem a ser únicas e específicas para a conexão singular que compartilhamos com eles e somente com eles. Até então, testemunhamos esse casal confrontar vários pontos de conflito em seu relacionamento nas perguntas 4 e 7. Nós os vimos admitir corajosamente os erros que cometeram e compartilhar como transformaram esses desafios em oportunidades para o verdadeiro crescimento. Portanto, não é surpreendente que, quando Jerrold pergunta a Andrew o que aprendeu com ele, a primeira palavra que vem a Andrew seja "paciência". Contudo, ao pronunciar essa única palavra com sua voz grave e ressonante, Andrew se vê compartilhando lições que Jerrold lhe ensinou e reorientaram completamente sua perspectiva de vida.

"Você tem sido o exemplo vivo de uma pessoa que tem uma paciência inacreditável, como nunca vi em mais ninguém", diz Andrew ao marido. "Uma bomba poderia explodir, as pessoas poderiam ficar completamente fora de controle, e você ficaria tranquilo e bem enquanto eu estaria totalmente surtando. Você está sempre me dizendo para me acalmar, que vai ficar tudo bem. É por isso que no início do nosso relacionamento, durante os primeiros dois anos, eu achei que você fosse maluco."

Jerrold ri alto diante daquele relato, abrindo um sorriso radiante e brincalhão, e olha para os pés.

Andrew continua: "Eu pensava: 'Esse cara é fodido de cabeça e ainda não sabe disso. E [em determinado momento] nós teremos um colapso e ele vai ficar tipo: 'Ah, meu deus, era tudo fingimento meu!'. E não é. É totalmente real!".

Aqui Andrew começa a rir um pouco também. Ele parece impressionado com o fato de que costumava acreditar que paciência e calma genuínas eram atributos impossíveis de ter. Em meio às risadas, ele continua, dizendo: "Só quando conversei com meu irmão é que ele disse: 'Sim, algumas pessoas são de fato saudáveis emocionalmente'. Algumas pessoas... são realmente boas pessoas".

Simplesmente sendo ele mesmo, Jerrold foi capaz de ensinar a Andrew muito mais do que apenas desacelerar, ficar mais calmo e ser mais paciente. Vendo como Jerrold acreditava genuína e honestamente que as coisas ficariam bem e que cuidaria dele de boa vontade em momentos de estresse, Andrew aprendeu que o comportamento das pessoas pode ser confiável e levado a sério, que gentileza e paciência nem sempre são apenas uma fachada. Só posso imaginar como essa revelação afetou as interações de Andrew, não apenas com Jerrold, mas com qualquer pessoa com quem tenha contato. Jerrold tornou-se um espelho para ele, refletindo para Andrew sua própria suspeita em relação às pessoas que pareciam ser, como ele disse, "emocionalmente saudáveis", bem como aos aspectos em que ele, Andrew, poderia procurar crescer para alcançar o nível de "saúde emocional" que via em Jerrold.

Entretanto, mesmo esta lição profunda foi apenas o começo do que Andrew diz ter aprendido com o marido. Ele

> **Você faz com que eu sinta que consegui tirar algo da vida. Eu me sinto completo com você."**
> – Chris

"Somos tão apaixonados que as pessoas acham que estamos mentindo"
Leia o QR code para assistir à conversa.

conta que, por meio da sinergia específica dos dois, da conexão única e singular, Jerrold expandiu a ideia de Andrew sobre o que achava ser possível na vida.

"Dado o meu histórico... minha família e quão religiosa e repressiva eram a ideologia e a teologia dela", continua Andrew, "eu cresci em um mundo onde nunca pensei que seria capaz de ter certas coisas. Eu nunca seria capaz de me casar com alguém sem me perguntar se estava cometendo um erro. Nunca seria capaz de ser uma pessoa autêntica. Eu tinha toda uma vida planejada para mim [com] várias limitações de como ela seria. E então, desde que te conheci e entrei em um relacionamento e me casei com você... é simplesmente surreal, porque eu nunca imaginei que isso seria uma possibilidade para mim, ou que membros da minha família mudariam de ideia e realmente nos apoiariam."

Antes de Jerrold entrar em seu caminho, Andrew nunca teria sido capaz de acreditar que a vida que eles compartilham — dois homens gays casados — teria sido uma opção para ele, considerando sua educação conservadora. Mas, para sua surpresa, isso acabou não sendo apenas uma possibilidade, mas sua realidade cotidiana. Além disso ele descobriu, para seu mais absoluto choque, que a família religiosa era capaz de aceitar, como de fato aceitou, seu casamento com outro homem. A percepção de Andrew sobre como o mundo funcionava, sobre o que a vida e o futuro poderiam trazer, mudou fundamentalmente por causa do relacionamento com Jerrold. Acho que isso é lindo, incrível e comovente por si só.

Mas gostaria de chamar sua atenção para a próxima coisa que Andrew contará ao marido, pois considero uma das lições mais importantes a serem tiradas da maravilhosa história desse casal. Veja, Andrew não acredita que a mudança de paradigma que experimentou pudesse ter acontecido ao lado de qualquer outra pessoa. Jerrold, e apenas Jerrold, poderia ter provocado essa expansão da ideia que ele tinha do que era possível para a vida, mudando Andrew e a perspectiva dele para sempre.

"Uma grande parte disso tem a ver com você", Andrew diz ao parceiro. "Não é só que [minha família] estava, tipo, 'Ah, eu aceito você agora'. É por causa da pessoa que *você* é. Você é o menino de ouro para levar para casa e apresentar às pessoas para quem quer dizer: 'Você tem algum problema com o nosso relacionamento? Conheça essa pessoa incrível, e então te desafio a falar mal dela. Agora você precisa realmente fazer uma autocrítica e pensar em por que acha que alguns relacionamentos são moralmente corretos ou não'."

Jerrold e a sinergia específica que tem com Andrew foram capazes de abrir Andrew e sua família para novas possibilidades. Outra pessoa poderia ter feito isso por Andrew e seus entes queridos? Ou nós e nossos parceiros somos como peças de um quebra-cabeça, como espelhos feitos sob medida, estabelecendo ligações e refletindo certas partes de nós que nenhuma outra pessoa conseguiria exatamente da mesma forma?

Quando alguém está em um relacionamento verdadeiramente íntimo, tanto ele quanto seu parceiro estão em uma posição única para transmitir certas lições que somente eles podem transmitir. Então, o que você está aprendendo que somente seu parceiro poderia ter lhe ensinado? Você já conversou com ele a respeito das experiências maravilhosas que lhe proporcionou, os momentos cotidianos de intimidade que traz para seus dias, as maneiras como ele pode ter magoado você e as maneiras como te apoiou enquanto você navegava em sua própria dor. Nesse ponto, você pode compartilhar como ele te fez ser uma pessoa melhor ou, como no caso de Andrew, permitiu que você encontrasse formas novas e mais abertas de estar no mundo.

Este, claro, é um presente que ele lhe deu. Mas é também um serviço que presta ao mundo inteiro. Ao ensinar algo a você e, assim, te ajudar a crescer, seu parceiro é o catalisador para uma cadeia infinita de interações mais ponderadas que você terá com todos que encontrar. Depois de quaisquer momentos difíceis que seu parceiro tenha vivenciado durante a conversa, expressar gratidão pela mudança que ele catalisou em você é uma bela maneira de fazê-lo se lembrar do poder único e especial que ele tem, não acha?

Sugestões para absorver esta pergunta

E se essa pergunta lhe for feita e você sentir que não tem nada de bom a dizer sobre as coisas que seu parceiro vem lhe ensinando? Ou se parecer que ele não está lhe ensinando nada?

Se essa for sua reação instintiva, não se preocupe. Está tudo bem. Porém, em vez de deixar que essa aparente escassez de aprendizagem profunda o leve a uma resposta emocional baseada em dor e julgamento, respire fundo e tente limpar o espaço.

Vocês dois acabaram de lidar com muitas questões pesadas durante as últimas perguntas, e isso pode estar atrapalhando sua capacidade de olhar para o relacionamento através das lentes da gratidão. Dê a essa atmosfera o tempo necessário para se dissipar, para que você possa enxergar com clareza. Para fazer isso, observe profundamente as pupilas de seu parceiro por pelo menos dez segundos. Lembre-se de que esses são os olhos que estão com você nos bons e maus momentos. Essas são as pupilas que refletem *você* de volta para *você mesmo*. Respire fundo algumas vezes e permita que a gratidão pela presença dele chegue até você. Trate esse momento como uma breve meditação, na qual seu foco está na respiração e nas novas emoções que surgem, em vez de estar em emoções que são reverberações de todo o terreno que vocês dois acabaram de percorrer. Se fizer isso, quase posso garantir que encontrará *alguma* lição positiva que seu parceiro vem lhe ensinando.

Sinta-se à vontade para ser criativo com sua definição de "positivo". Talvez seu parceiro esteja lhe ensinando que você se beneficiaria se estabelecesse limites mais firmes ou que você deseja um parceiro que seja um ouvinte atento, ou a maneira como você, especificamente, pode superar conflitos de maneira saudável. Ou talvez a coisa mais positiva que aprendeu com ele até então é que deseja ter mais conversas desse tipo em sua vida e gosta que ele participe dessa conversa com você. Mesmo que a lição que seu parceiro está lhe ensinando seja o fato de você não querer mais aturar as palhaçadas dele, agradeça por isso. Esse é um presente precioso mesmo assim, e com o tempo você será grato a seu parceiro por trazê-lo para sua vida.

PERGUNTA 10:

QUAL EXPERIÊNCIA VOCÊ MAL PODE ESPERAR PARA COMPARTILHARMOS JUNTOS E POR QUÊ?

Se um passado compartilhado é a âncora do relacionamento, o sonho de um futuro é o vento nas velas. Você percorreu um longo caminho nesta conversa; você e seu parceiro aprenderam muito sobre a conexão entre vocês e atualmente estão no cesto da gávea de seu navio, tendo uma visão panorâmica de sua história juntos. Esta é uma pergunta que pede aos dois que olhem para o horizonte e imaginem o que está além dele. Como veem suas vidas se desenrolando juntas? O que há no amanhã que enche você de entusiasmo? Essas mesmas coisas entusiasmam seu parceiro? Os sonhos de vocês para o futuro estão alinhados? O que está atraindo os dois para o próximo capítulo de sua história compartilhada?

Identificando sonhos em comum

Você experimentou o aterramento, a intimidade, a vulnerabilidade e a cura proporcionados pelas questões anteriores; agora é hora de começar a olhar para a frente. Depois de mergulhar na beleza e nas dificuldades de seu relacionamento, no momento em que chegar à pergunta 10 a situação de seu relacionamento no presente deverá estar mais clara para você do que antes de iniciar esta conversa. Mesmo que se sinta mais confuso sobre seu relacionamento do que quando começou, isso já é mais informação do que tinha quando sentou pela primeira vez para fazer a pergunta 1. Portanto, esta é a oportunidade perfeita para explorar o que espera para vocês dois e um bom momento para refletir por que ainda está neste relacionamento.

Uma história compartilhada pode ser a base, mas que tipo de lar você espera que essa fundação apoie? Esperamos que esta conversa tenha feito você explorar bastante o aprendizado e o crescimento frutíferos que você e seu parceiro proporcionaram um ao outro no passado. Mas você vê possibilidade de mais aprendizado, mais crescimento no seu futuro? Existe um projeto mútuo — seja criar os filhos, um negócio compartilhado ou qualquer tipo de objetivo mútuo — no qual vocês estão trabalhando ativamente ou planejando trabalhar juntos? E, o que é crucial, ambos estão entusiasmados com isso? Será que existe força suficiente para fazer valer a pena lidar com as adversidades do presente?

Esta pergunta remonta à pergunta 1, na qual exploramos quais experiências únicas são compartilhadas devido à sinergia entre vocês. Aqui estamos olhando em direção ao futuro para ver quais novas experiências serão criadas por essa conexão e se elas entusiasmarão vocês. Com sorte, imaginar alguns sonhos proporcionará aos dois uma sensação palpável de entusiasmo compartilhado. Responder a esta pergunta é uma oportunidade de se conectar com as alegrias que você ainda não experimentou e de se abrir para a imaginação lúdica. Pode ser um convite para compartilhar a diversão do planejamento e servir como um momento de tranquilidade. Imaginar as coisas que sonham alcançar, os lugares aonde querem ir e a vida que desejam compartilhar pode fazer com que pareça valer a pena enfrentar qualquer desafio atual. Deixe que esta resposta tenha o potencial de impulsioná-los juntos rumo ao futuro.

Ou deixe que ela mostre como, apesar da história compartilhada e das memórias queridas, você e seu parceiro estão em trajetórias diferentes. Suas aspirações são coisas que entusiasmam você e seu parceiro ou apenas você? É uma boa ideia avaliar atentamente se há coisas que vocês desejam alcançar no futuro, não apenas individualmente, mas como equipe. Jamais esquecerei como, uma vez, em uma conversa com um de meus mentores — uma alma sábia e curiosa, pai de três filhos, que morava em Berkeley e tinha vasta experiência de vida —, ele deixou bem clara a importância de compartilhar um sonho coletivo com nossos parceiros. O filho mais novo dele tinha acabado de ir para a faculdade, e ele me contou que, agora que o projeto de criar os três filhos estava chegando ao fim, ele e a esposa tinham começado a discutir qual seria o próximo empreendimento conjunto. Se não conseguissem pensar em um, disse-me ele, considerariam seguir caminhos separados, mesmo depois de muitos anos de casamento. Sem algo que estivessem construindo juntos, ainda que não fosse tão concreto quanto criar os filhos, eles não sabiam ao certo se haveria o suficiente no relacionamento para que ambos se sentissem realizados ao longo dos anos por vir. Estar em um relacionamento é a oportunidade para ter sonhos mútuos. Sonhar junto. Isso não quer dizer que você não possa realizar um sonho individual. No entanto, é um exercício valioso perguntar-se qual é o sonho mútuo que vocês podem compartilhar, que ilumina os dois e só é possível com a participação de ambos.

Tenha em mente que transformar esses sonhos em realidade pode exigir muita cooperação e trabalho árduo. Esta pergunta lhe dá espaço para examinar o relacionamento enquanto ele ainda está na mesa de operação, para olhar para o navio do cesto da gávea e vê-lo de maneira abrangente, considerando todos os seus pontos fortes e todas as nódoas que você explorou na conversa até agora. Você e seu parceiro identificaram alguns vazamentos no navio? Como você se sente

> **" Gosto da ideia de planejarmos o futuro juntos, de voltarmos ao mesmo lugar. Gosto de saber que você vai estar aqui quando eu chegar em casa. Isso me faz feliz."**
> – Erica

"Veja o pedido de casamento deste casal"
Leia o QR code para assistir à conversa.

em relação à gravidade desses vazamentos, considerando o destino aonde deseja chegar? Vocês dois estão traçando o mesmo caminho ou seus desejos individuais atraem vocês para caminhos divergentes? Como esta pergunta ajuda os dois a identificar o que os está puxando em direção ao futuro, essa é uma boa oportunidade para refletir se a embarcação em que estão é adequada para cobrir a distância entre vocês e o lugar para onde estão indo.

Ikeranda & Josette: uma luz no fim do túnel

A conversa entre Ikeranda e Josette foi filmada em 2020, enquanto o mundo inteiro sofria um caso histórico de síndrome de isolamento graças à pandemia de Covid-19. Quando Ikeranda — uma mulher que se apresenta com um porte confiante, quase majestoso, e usa batom rosa e óculos de armação preta — pergunta à parceira "Qual experiência você mal pode esperar que compartilhemos e por quê?", o olhar de Josette fica distante. Parece-me a expressão facial clássica do sonhador, de alguém que foi capaz de mergulhar plenamente na alegria que a imaginação proporciona.

"Tem muita coisa", responde Josette, animada, exibindo um sorriso caloroso e calmo sob sua coroa de tranças prateadas. "Há tantas coisas que nós..."

Enquanto Josette imagina, Ikeranda observa com uma expressão de contentamento, mas logo a interrompe, trazendo-a de volta ao momento presente. "E aquela coisa sobre a qual falamos e que queremos fazer assim que o mundo abrir outra vez? Com a família."

"Ah!", Josette de repente se lembra. "Viajar para a África." Ela assente, e presumo que esteja pensando nas muitas conversas que tiveram sobre essa aventura futura. "Acho que você tem razão. Era isso que eu ia dizer. Há tantas coisas, e não viajamos muito juntas. Viajamos separadamente. Então, uma das principais coisas que quero fazer... com a família, sim..., mas quero só sair por aí e ver mais do mundo com você."

Quando essas últimas palavras saem de seus lábios, posso ver uma excitação intensa, quase infantil, surgindo nos olhos de Josette. É claro que esse tem sido um sonho dela durante muitos dos dezesseis anos de casamento. E o fato de ter sido Ikeranda quem tocou no assunto, aludindo a discussões anteriores centradas na próxima viagem que fariam, confirma que esse é um sonho que ambas as parceiras partilham. Quando Josette termina de falar, posso ver a expressão de Ikeranda começar a espelhar a da outra. Ambas querem aquilo.

Ao ver as duas falarem com tanto entusiasmo e esperança sobre o que querem fazer quando as restrições forem suspensas e as fronteiras abertas, parece-me claro que esse sonho partilhado deve ter sido uma das coisas que as ajudaram a ultrapassar as inúmeras dificuldades do confinamento. Às vezes, o poder de um sonho compartilhado é tão grande que pode ser a luz no fim dos túneis mais longos e escuros.

Quando amar deixa de ser um verbo

Fazer uma distinção entre sonhos mútuos e sonhos individuais é extremamente importante. Em várias conversas filmadas pelo {THE AND}, Keisha e Andrew, ao retornarem, tiveram a oportunidade de fazer essa pergunta um ao outro. Ainda que tenham sido filmadas com anos de diferença, os dois respondem em segundos, com muita segurança, a mesma coisa. "Um bebê!", Keisha basicamente grita, depois que Andrew faz essa pergunta a ela. Mais tarde, em outra conversa, Andrew responde à mesma pergunta com um dar de ombros prático: "Ter filhos". Esse é claramente o sonho compartilhado do casal — aquilo que eles imaginaram em meio a tantos altos e baixos, aquilo que os impulsiona para o futuro.

Mas e se você e seu parceiro não compartilharem o mesmo sonho? E se quiserem coisas diferentes? E se você estiver disposto a fazer algumas concessões para satisfazer o sonho de seu parceiro, mas isso não o entusiasmar de verdade, não o encher de vontade de avançar juntos para o próximo capítulo? Essa pode ser a situação que mais comumente dá origem ao sentimento de: "Eu te amo, mas não estou *apaixonado* por você". Você cresceu, mudou e ainda ama seu parceiro, mas não existe mais aquela empolgação com um futuro compartilhado. Independentemente do sentimento duradouro de amor que vocês têm um pelo outro, suas respectivas paixões na vida estão puxando cada um em direções diferentes e, portanto, para fora do aspecto concreto, o ato, de *estar* apaixonado.

Esta é uma experiência que conheço muito bem. Com 30 e poucos anos, estava namorando alguém de quem gostava muito. Estávamos morando juntos, e eu estava até pensando em pedi-la em casamento. Mas a certa altura, cerca de dois anos e meio após o início do relacionamento, as coisas começaram a mudar. Houve uma baixa de energia, e o relacionamento sofreu com uma queda inédita no comprometimento de ambos. Na tentativa de resolver tudo isso, fomos consultar uma terapeuta de casal. Durante uma sessão, a terapeuta nos perguntou sobre nossos sonhos para o futuro. Sem hesitar, eu disse que queria ter uma casa que serviria de base e eu, minha parceira e nossos futuros filhos viajaríamos pelo mundo enquanto eu fazia filmes e trabalhava em projetos criativos. Queria morar um ano na América do Sul e, em algum momento, no Japão. Eu não queria me mudar a cada duas semanas, mas queria que meu futuro fosse repleto de novas experiências para mim e minha futura família. Enquanto dizia isso, senti uma onda de energia, uma sensação física de excitação. Eu estava animado, envolvido com aquilo tudo. Estava visualizando meu sonho. Então foi a vez de minha parceira responder. Ela disse que seu sonho era ter uma casa estilo *brownstone* no Brooklyn e viver uma vida feliz com a família, e eu pude ver a mesma energia que senti animando-a enquanto ela se imaginava vivendo esse futuro muito diferente.

Enquanto ela falava sobre esse sonho, toda a empolgação que senti ao falar sobre a América do Sul e o Japão me abandonou. Eu me senti desenergizado. Amava aquela pessoa, mas aquele não era o futuro que eu queria para mim. A terapeuta percebeu isso. Acertadamente, ela foi direto ao ponto. Vendo que nós dois queríamos — e queríamos muito — coisas diferentes da vida, ela foi sincera conosco:

"Então a única pergunta que resta é: vocês querem arrancar o band-aid rápido ou devagar?"

Ela estava nos dando duas opções: terminar o relacionamento imediatamente ou travar uma batalha perdida contra o que realmente queríamos de nossas vidas, em um esforço para minimizar a dor inevitável da separação.

No longo silêncio que se seguiu a suas palavras, senti o ar da sala gelar. À medida que o silêncio se arrastava, lentamente me dei conta de que nenhum de nós havia se manifestado para oferecer uma terceira opção. Acho que ambos percebemos que a terapeuta tinha razão, que, se fôssemos honestos, não havia outra opção além de seguirmos caminhos separados. Senti-me preenchido por uma angustiante sensação de aceitação. Era isso. Tínhamos compartilhado muitos momentos felizes e compartilhamos também aquele momento revelador. Mas como poderíamos compartilhar um futuro que não nos entusiasmasse da mesma maneira? Como um de nós poderia expor o outro — uma pessoa que amamos — ao sofrimento de saber que estava vivendo o sonho de outra pessoa, e não o seu?

Saímos do consultório da terapeuta antes mesmo de o horário acabar e fomos para um lugar de que gostávamos para almoçar. Durante a refeição, nós dois choramos. Mas também rimos. Chorávamos porque ambos sentíamos que um lindo capítulo de nossas vidas estava chegando ao fim. E ríamos porque ainda gostávamos da companhia um do outro, ainda sentíamos alegria só de estar na presença um do outro. Havia também algum alívio naquelas risadas. Arrancar o band-aid foi, e seria, doloroso, mas fiquei muito feliz em saber que não a estava desviando do caminho que ela queria seguir na vida e que, da mesma forma, não deixaria que um apego — não importa quão maravilhoso fosse — me fizesse também desviar de curso. Acho que ambos ficamos orgulhosos da decisão de seguirmos nossos próprios caminhos, de terminarmos em um bom momento, em vez de permitir que a aversão à dor ou o medo de ficarmos sozinhos nos arrastassem para um futuro no qual estaríamos fadados a acabar nos ressentindo um com o outro, mais cedo ou mais tarde. Mesmo que não estivéssemos exatamente felizes com o rompimento, estávamos pelo menos felizes com a decisão.

Sugestões para absorver esta pergunta

Como sempre, encorajo você a se concentrar em sua resposta emocional à medida que esta pergunta se desenrola. O futuro sobre o qual você e seu parceiro estão falando provoca um frio na barriga ou faz você sentir... nada? Lembre-se de que, se os sonhos não estiverem alinhados, um acordo é uma opção. Porém, ao debater esse acordo ou ao imaginá-lo, explore seus sentimentos novamente. O que vocês querem criar juntos? Mesmo que isso signifique inúmeras manhãs preguiçosas de domingo tomando café enquanto leem o jornal. Não precisa ser nada grandioso. Ser algo mútuo em que vocês estão alinhados já é bom. Isso deixa você entusiasmado? Afeta você emocionalmente?

Quer a conversa que advém dessa pergunta seja repleta de sonhos coletivos perfeitamente sincronizados quer faça você examinar sonhos individuais em busca de pontos onde eles possam ser reunidos; ou faça você perceber que os maiores sonhos que você e seu parceiro compartilham não são de algum momento distante no futuro, mas das alegrias que podem colher amanhã, seja paciente e vá com calma. A única coisa certa sobre o futuro é que você não tem como prevê-lo. Sonhos mudam, e pessoas também. Observe tudo o que resulta desta pergunta com uma gentil curiosidade. Leva tempo para ver seus sonhos tomarem forma ou testemunhar aquilo em que se transformaram. E você tem todo o direito de mudar seus sonhos a qualquer momento. Em muitos casos, depois que você tem filhos, os sonhos mudam, e o que você prioriza para si mesmo fica em segundo plano em favor das prioridades das crianças. Então você muda. O que valoriza muda, e, portanto, o que atrai você para o futuro também. Isso é bom e totalmente esperado. Está tudo bem. Estamos apenas falando sobre os sonhos que você tem atualmente, do ponto de vista atual de sua vida, no momento presente. Deixe que eles sejam a bússola que guia essa navegação, mas não sacrifique o momento presente para avançar neles.

Sonhos e objetivos compartilhados são algumas das impressões digitais mais exclusivas de qualquer relacionamento. Representam a parte central do diagrama de Venn, diagrama que você e seu parceiro criam estando na vida um do outro. Agir a partir desse lugar ímpar de unidade — transformando aquele lugar onde vocês se sobrepõem em uma ação, em algo que fazem juntos — é uma maneira tão segura quanto qualquer outra de trazer um nível mais profundo de intimidade para a conexão entre vocês.

PERGUNTA 11:

SE ESTA FOSSE NOSSA ÚLTIMA CONVERSA, O QUE VOCÊ GOSTARIA QUE EU JAMAIS ESQUECESSE?

A penúltima pergunta da conversa pede que você se projete ainda mais no futuro, no inevitável momento de separação que um dia você e seu parceiro vão enfrentar. Seja o motivo dessa separação o fim do relacionamento ou o próprio fim da vida, um dia isso vai acontecer. Toda história termina. E, quando uma história realmente termina, a porta se fecha para a capacidade de expressar verbalmente a um parceiro o aspecto mais importante do vínculo compartilhado. Se você esperar demais, perderá a chance de dizer qualquer coisa que não tenha dito. Mas o que acontece se não esperar nada? Se você decidir compartilhar palavras profundas neste exato momento? Responder a esta pergunta mostrará que, ao optar por falar no presente, você não perde nada. Na verdade, ao fazer isso, você ganha e oferece algo extremamente precioso.

Refletindo a luz um do outro

Agora que a conversa proporcionou cura, reconciliação e reconhecimento do que seu parceiro vem lhe oferecendo em sua jornada juntos, esta pergunta o convoca a tomar consciência do fim dessa jornada. Talvez, dependendo do que tiver surgido ao longo da conversa, você tenha concluído que o fim é iminente. Ou talvez essa experiência tenha feito você perceber que espera seguir para sempre nessa jornada com seu parceiro. Se for esse o seu caso, odeio ser o portador de más notícias, mas não existe para sempre. A energia que dá forma a nós e a todo o universo que habitamos está, por natureza, em constante fluxo. Nada dura para sempre, e tentar forçar algo a durar é uma negação do ritmo inerente à vida. Quanto mais você puder abraçar o fluxo e o refluxo intrínsecos a todas as coisas — boas e ruins —, mais será capaz de deixar que as marés da experiência o atravessem com paz, graça e consciência.

Quer a jornada juntos termine amanhã ou daqui a cinquenta anos, se você parar um minuto para imaginar o futuro momento de separação de seu parceiro, certamente haverá algumas palavras finais e importantes que gostaria de dizer. Podem ser conselhos, palavras de admiração ou apenas uma pura expressão de amor. Tente evocar essas palavras agora. Qual é a sensação de se imaginar dizendo isso em voz alta? É constrangedor? Catártico? Apavorante? Avassalador? Alegre? Não importa o que você nunca gostaria que ele esquecesse, agora — com o momento da separação ainda distante — há uma boa chance de que suas palavras pareçam muito incômodas, muito grandes ou muito pesadas para serem compartilhadas com seu parceiro sabendo que você terá que olhar para ele outra vez no dia seguinte. É provavelmente por isso que você as vem reservando para seu último encontro. Está se protegendo de ter que experimentar a vulnerabilidade que expor o poder completo de suas emoções seria capaz de precipitar. Mas veja até onde chegou apenas no decorrer desta conversa. Quando chegar a esta pergunta, terá navegado por emoções poderosas e falado várias vezes de uma posição de vulnerabilidade. Portanto, o objetivo agora é tirar proveito do conforto e da confiança que vem construindo consigo mesmo e com seu parceiro, permitindo que você aproveite essa oportunidade de ouro para expressar coisas que são tão profundas, tão honestas, tão vulneráveis e tão intimamente enraizadas na conexão com a pessoa amada que você jamais as diria em circunstâncias normais.

De todas as coisas que aprendi durante meu tempo neste planeta, poucas sinto que são tão verdadeiras para mim quanto a ideia de que o coração foi feito para amar. Isso é tudo que ele quer fazer. Mas, ao longo de nossa vida, certas experiências, bem como a exposição à nossa cultura, formam calos em nosso coração, bloqueando esse fluxo de amor. Isso acontece com quase todos nós; é uma parte natural de estar vivo nos dias de hoje. Rejeição, abuso e trauma criam cicatrizes dentro de nós que podem funcionar como um escudo, protegendo-nos de futuras mágoas. Combine isso com as regras que a sociedade nos ensina sobre o que é permitido compartilhar, qual nível de emoção é apropriado em determinada situação e, de maneira geral, como devemos agir na frente dos outros, e terá uma série de obstáculos impedindo você de expressar o amor para o mundo de maneira sincera. Assim, muitas vezes nos sentimos desconfortáveis em compartilhar o brilho puro e pleno do amor que nosso coração produz naturalmente. Em vez de fácil, parece difícil, sentimos que fazer isso é cafona ou clichê. Mas esses sentimentos não são realmente nossos. São julgamentos provenientes de nossa cultura, que assimilamos inconscientemente, e o desconforto que sentimos quando a emoção abre caminho através de todas aquelas cicatrizes que acumulamos.

Para subverter esses julgamentos culturais, é preciso tomar consciência deles, perceber que não são seus e abrir corajosamente o coração quando se sentir motivado a fazê-lo. Dada a força do condicionamento social, isso não é fácil. Portanto, deixe que esta pergunta seja um primeiro passo suave para trazer essa prática para sua vida de forma mais ativa. Como vimos com o conceito de "sacrifício" na pergunta 6, sinta-se à vontade para se esconder um pouco atrás do fato de que é a própria pergunta que pede que você compartilhe algo que pode parecer "cafona". Você pode me culpar se quiser. Custe o que custar, comprometer-se a fazê-lo no contexto desta conversa guiada permitirá que veja o alívio que é deixar o coração realmente falar a verdade. Essa é a hora de fazer isso. O nível de confiança que você e seu parceiro construíram ao passarem juntos por todas as perguntas anteriores criou um espaço adequado a esse nível de intimidade. Tendo cultivado o terreno do relacionamento, da conexão e dessa história juntos, vocês conquistaram este momento. Ao falar neste espaço propício, é mais provável que seu parceiro responda com profunda gratidão do que se sinta desanimado ou oprimido. Você não tem como saber quanto suas palavras honestas podem ser importantes para ele.

•••

Quando penso no que podemos ser uns para os outros e nas maneiras pelas quais podemos enriquecer a vida uns dos outros, sempre volto a esta citação do escritor e psiquiatra David S. Viscott: "O propósito da vida é encontrar um dom. O trabalho da vida é desenvolvê-lo. O sentido da vida é doá-lo". Quantos de nós gastamos nosso tempo em busca de dons que já temos, mas dos quais não temos consciência? Quantos de nós passamos a vida inteira fuçando, incapazes de enxergar nossa própria beleza, nossa própria sabedoria, nossa própria genialidade? As pessoas mais próximas de nós podem ser espelhos poderosos, refletindo de volta aquilo que não somos

> "Amo você neste mundo e nos próximos ainda por vir."
> – Victoria

"A força da família Gullah"
Leia o QR code para assistir à conversa.

capazes de ver. Já vimos isso acontecer com parceiros que se ajudam mutuamente a perceber tudo isso e, assim, a crescer até se tornarem uma expressão mais plena de si mesmos. Mas o mesmo pode acontecer com as melhores qualidades que já temos. Às vezes é preciso que alguém em nossa vida tenha a coragem de verbalizar todo o esplendor de quem somos a fim de que possamos nos tornar conscientes o bastante de nosso próprio brilho para podermos devolvê-lo ativa e conscientemente ao mundo.

Em 2008, eu estava filmando um documentário chamado *Americana*, um projeto que me levou de Cuba ao México, depois para Turquia, Albânia, Vietnã e Japão, bem como a muitos outros países ao redor do mundo, enquanto buscava uma perspectiva global da pergunta "O que significa ser americano?". Em determinado momento, estava em Hiroshima, no Japão, entrevistando um sobrevivente do ataque nuclear que a cidade sofreu em 6 de agosto de 1945. Tendo vivido tantas coisas, ele tinha muita sabedoria a oferecer. Uma das coisas que me marcaram foi que só conhecemos de verdade aproximadamente mil pessoas durante a vida. Ao longo de uma vida inteira, não é tanto assim. Qual lição cada uma dessas poucas almas com quem você entra em contato lhe oferecerá? O que você oferece a elas? Que tipo de espelho você está sendo para as pessoas em sua vida? Ao contrário de um espelho literal, nós, humanos, podemos escolher o que refletimos para o mundo e para as pessoas nele. O que você está refletindo? Quão reluzente é a luz que você escolhe brilhar sobre seus entes queridos?

Kelly & Virgie: uma resposta honesta

Nunca me esquecerei de ver Kelly, uma mulher de 44 anos, fazer esta pergunta à mãe, Virgie — na casa dos 80, cabelos grisalhos e óculos. Imediatamente depois de fazer a pergunta, Kelly acha que sabe o que a mãe vai dizer.

"Ir à igreja?", sugere ela, presumindo, com um toque de sarcasmo, que Virgie vai aproveitar a oportunidade para lhe oferecer algum conselho moralista. Depois de mais de quatro décadas sendo filha de Virgie, ela não está exatamente errada.

"Sim, mantenha a fé em Deus", responde Virgie, "e seja gentil com as pessoas. Porque você não é o único ser humano no planeta. Certo?"

"Isso é novidade pra mim", diz Kelly, rindo, o senso de humor sarcástico que as duas mulheres compartilham agora a olhos vistos.

Depois que a risada compartilhada cessa, a expressão de Kelly se fecha um pouco. "Bem", diz ela, "acabaram as perguntas." Será que ela está um pouco decepcionada? Sente instintivamente que falta alguma coisa? Fico com a impressão de que está percebendo que a mãe apenas lhe deu uma resposta bem-humorada que, embora seja verdadeira, não expressa exatamente a verdade profunda da conexão entre elas.

Então Virgie ganha confiança. Deixa de lado o escudo do humor e fala com a filha diretamente do coração.

"Bem, ainda restam muitas perguntas na vida", começa, com o lampejo de um sorriso cintilando em seus olhos, "mas elas surgem só de vez em quando. Então fique à vontade para sempre vir até mim. Posso não lhe dar a resposta que você deseja, mas lhe darei uma resposta honesta."

"Sem dúvida", interrompe Kelly, claramente pensando que a conversa seguirá com tom de brincadeira. Mas o tom de Virgie muda, a voz fica mais profunda, vinda de outro lugar do corpo. Kelly não está esperando o que vem a seguir.

"E eu te amarei até o dia em que deixar esta terra", prossegue Virgie. "Depois disso terei problemas para me comunicar com você. Mas você saberá que estarei observando de algum lugar lá em cima." Um sorriso genuíno de orgulho e amor se espalha por seu rosto. "E eu te amo profundamente. E você trouxe muita coisa para a minha vida." Então seu sorriso desaparece, e de repente, tão séria quanto esteve durante toda a conversa, Virgie diz à filha: "Se eu deixar esta terra amanhã, terei vivido uma vida plena por sua causa. Você é meu bebê querido".

Aí está. A verdade pura e não adulterada do coração de Virgie, bem ali, para ser sentida por Kelly. Se você observar como as duas se aproximam nos assentos após essa declaração, fica claro que a profundidade de sua conexão foi expressa em palavras. Com lágrimas nos olhos, apenas olham uma para a outra, aproveitando o momento. A julgar pela expressão no rosto de Kelly, não há dúvida de quanto aquilo foi um presente para ela.

Mas Kelly só sentiu todo o poder desse presente anos depois. Seis anos após filmarmos a conversa, recebi este e-mail do marido de Kelly:

Estou entrando em contato para comunicar que Virgie, a mãe de Kelly, faleceu na semana passada em nossa casa. Foram meses difíceis, mas preciso contar... hoje Kelly lembrou da experiência com Virgie em {THE AND}. Ela passou o dia assistindo ao vídeo. Lembro-me de encorajá-la a fazer isso e estou muito feliz por termos esse registro da conversa delas.
Então, #1: obrigado por criar essa incrível narrativa coletiva que permite que minha esposa, neste momento de luto, tenha algum consolo ao assistir àquela conversa. De verdade... obrigado.

Durante o luto pela perda de sua mãe, Kelly voltou àquele momento repetidas vezes, encontrando consolo na honestidade e no amor puros transmitidos durante a conversa. Que presente maior poderíamos dar uns aos outros do que uma verdade que vai além do fim?

Viva o fim agora

Pouco depois de filmar *Americana*, comecei a trabalhar no aclamado documentário de Meghan L. O'Hara sobre câncer, *The C Word*. Durante as filmagens, tive a honra e o privilégio de conhecer o falecido neurocientista francês e revolucionário no estudo do câncer, dr. David Servan-Schreiber. David era um sobrevivente do câncer quando o conheci e posteriormente se tornou uma figura proeminente no tratamento e na prevenção da doença. Infelizmente, porém, vinte anos após o diagnóstico inicial, o câncer voltou.

Antes de falecer, David escreveu o livro *Not the Last Good-bye: Life, Death, Healing, and Cancer* [Não é o último adeus: a vida, a morte, a cura e o câncer], ditando sua prosa em uma voz que era um pouco mais que um sussurro durante os últimos meses de vida. É um livro repleto de sabedoria e informações valiosas, mas a principal coisa que aprendi foi um conselho crucial dado por David: não espere que o fim chegue para fazer o que você quer fazer ou para dizer o que precisa dizer; é melhor viver o fim agora.

O fim raramente chega em um momento conveniente. Esperar que isso aconteça é uma aposta muito arriscada, que não vale a pena ser feita, especialmente levando em consideração que a única coisa que você arrisca ao viver o fim agora é sua própria vulnerabilidade emocional. Se esperar que a vida lhe apresente o momento certo para abrir o coração para entes queridos, poderá perder uma troca emocional que um dia estará permanentemente fora de alcance. Então, o que está esperando? Viva o fim agora. Fale a verdade a seu parceiro. Mergulhe nesse momento que você conquistou.

Eu mesmo sou culpado por ter esperado o momento "certo" para dizer às pessoas em minha vida quanto elas são importantes para mim e, infelizmente, paguei o alto preço de não ter vivido o fim agora. Eu estava escrevendo em um café no Brooklyn em abril de 2011 quando recebi a notícia: Tim Hetherington, fotojornalista britânico e amigo muito próximo — que apenas dois meses antes estava no tapete vermelho do Oscar, indicado para a categoria Melhor Documentário por *Restrepo* —, tinha sido morto por estilhaços de um morteiro enquanto cobria a guerra civil na Líbia. Por um momento, fiquei ali sentado em estado de choque absoluto. Minha visão ficou turva, e, quando voltei a focar a tela à minha frente, vi o roteiro inacabado do filme em que estava trabalhando com Tim. Eu estava pensando nele, escrevendo o projeto que passamos horas discutindo, quando fiz uma pausa, olhei o celular e vi que havia toneladas de chamadas perdidas e mensagens de texto não lidas da noiva dele.

Sempre que você vê sua tela tomada por uma enxurrada de mensagens como essas, sabe que as notícias não serão boas. Tentei me preparar, mas, quando liguei de volta e ela me contou o que havia acontecido, senti meu coração se partir repentina e completamente. Comecei a quebrar a cabeça, tentando lembrar a última vez que nos falamos, a última coisa que dissemos um ao outro. Percorri memórias de momentos e conversas que compartilhamos. Procurei em meu telefone uma mensagem de voz de Tim só para ouvir a voz dele, mas não havia nenhuma. Enquanto estava sentado naquele café, minha mente foi inundada com todas as coisas que eu gostaria de ter dito a Tim. Mas tudo o que pude fazer foi ficar ali sentado, lamentando silenciosamente a morte de meu amigo, com aquelas palavras girando em espiral na minha cabeça, sem serem ditas. Percebi que nossa amizade era agora uma estrada que nunca mais avançaria, mas definharia lentamente com o tempo, vivendo apenas na memória.

Por mais terrível que tenha sido essa experiência, ela solidificou em mim a ideia de viver o fim agora. É algo que desde então me certifico de colocar em prática. Você pode expressar tudo o que gostaria naquele momento final muitas vezes ao longo de sua vida. Você pode dizer adeus muitas vezes. Você pode dizer eu te amo muitas vezes. Você pode dizer o que é realmente importante muitas e muitas vezes. Você não precisa esperar até o fim. E não deveria. O fim raramente se anuncia. Ele simplesmente chega. E, a essa altura, é tarde demais. Não fique achando que precisa esperar por algo especial ou traumático, porque pode não haver tempo para dizer as coisas que o trauma leva você a dizer. Em que tipo de mundo viveríamos se todos vivêssemos o fim agora, se todos compartilhássemos as verdades profundas de nossos relacionamentos, se nos tornássemos o espelho que nossos entes queridos merecem?

Sugestões para absorver esta pergunta

Muitas vezes, não achamos necessário verbalizar nossos sentimentos mais profundos em relação a nossos parceiros. Achamos que basta sabermos quais são eles. Se decidirmos expressá-los, fazemos isso de formas não verbais — com atitudes, sorrisos, toques ou gestos que esperamos transmitir essas emoções poderosas. Na maioria das vezes, isso funciona; transmitimos com sucesso a profundidade de nosso amor para nosso parceiro sem que uma única palavra tenha que ser dita.

Mas pense bem: temos meios de expressar esses sentimentos em palavras, então por que não fazer isso? Talvez não precisemos dizê-las, mas por que não transformar nossas emoções em palavras mesmo assim? A artista mais talentosa do mundo talvez não precise continuar pintando depois de criar algo que é considerado uma obra-prima, mas ela tem a capacidade de fazer isso, então continua oferecendo a habilidade dela ao mundo. Você tem a capacidade de oferecer a seu parceiro o presente que é a possibilidade de deixar claro quão profundo é seu apreço por ele colocando-o em palavras. Por que não fazer essa escolha? Se de fato temos contato próximo com apenas mil pessoas durante a vida, por que não enviar mil ondas de honestidade e conexão para a humanidade?

Esta citação do filósofo alemão Ludwig Wittgenstein lembra-me dos meus dias de estudo de filosofia em Oxford: "Os limites da minha linguagem são os limites do meu mundo". Para Wittgenstein, a linguagem é o limite de nossa compreensão da experiência humana. Quanto mais completa e sutil for nossa articulação dessa experiência, mais rica poderá se tornar. As palavras têm poder. Coloque-as para fora, e seu mundo e o das pessoas próximas a você só se tornarão mais vibrantes.

PERGUNTA 12:

POR QUE VOCÊ ME AMA?

Com que frequência fazemos essa pergunta em nossa vida cotidiana? Embora a resposta para ela esteja no cerne de cada momento, de cada interação que você compartilha com seu parceiro, raramente ela é verbalizada e esmiuçada. Quando se ama alguém, você carrega a certeza de que seu amor por essa pessoa existe profundamente dentro de você. Mas já parou para inspecioná-lo? Você sabe que ele está lá, mas como ele é? Como é senti-lo?

Pode ser que você descubra que, se continuar fazendo essa pergunta, removendo camada após camada de intimidade, por baixo de todas elas existe nada mais nada menos do que um sentimento inarticulável de proximidade. Os últimos presentes que esta conversa lhe oferece são: um, a oportunidade de estruturar os motivos e os sentimentos por trás de seu amor pelo seu parceiro, para que ambos fiquem conscientes da divindade específica inerente à conexão que têm; e dois, o espaço para simplesmente sentar e refletir em silêncio, admirando a força transcendente a que chamamos de amor.

Uma mensagem transcendental

De todas as perguntas que vocês fizeram um ao outro, esta pode parecer a mais importante. A conversa que estão quase concluindo o deixou ciente da profundidade e da complexidade da conexão entre vocês dois. Agora peço que você faça o seu melhor para destilar em palavras esse universo de memórias, sentimentos, desafios, dor, resiliência e sacralidade. Durante a filmagem de {THE AND}, depois que essa pergunta era feita, eu frequentemente observava como cada entrevistado era inundado pela enormidade do amor antes mesmo de tentar resumir o que sentia pelo parceiro. Definitivamente não é uma tarefa fácil. Portanto, se você se sentir mais desafiado por esta pergunta do que por qualquer uma das que a precederam, não se preocupe; está em boa companhia. Mas lembre-se: as 11 perguntas anteriores lhe proporcionaram prática na articulação emocional e ferramentas para falar a partir de uma conexão honesta. Por mais séria que esta pergunta possa parecer, dê o seu melhor para expressar os motivos pelos quais você ama seu parceiro. Fazer isso pode ser inestimável para ele de muitas maneiras.

Sinto que presentear a pessoa amada lhe mostrando por que você a ama tem um nível de importância que transcende a conversa, o relacionamento e até mesmo o que consideramos a própria "vida". Acredito sinceramente que viemos a este planeta para aprender uns com os outros. Somos todos almas que escolheram romper com o infinito em busca de um tipo de conhecimento que só está disponível numa existência finita. Muito desse conhecimento é obtido a partir das ligações amorosas que estabelecemos com outras almas, as quase mil pessoas mencionadas anteriormente pelo entrevistado no meu documentário, nessa mesma viagem de descoberta. O simples ato de olhar nos olhos de outra pessoa, a prática incentivada no início desta conversa, equivale a vislumbrar aquele lugar infinito de onde todos viemos e para onde retornaremos — um lugar que é tão abrangentemente feito de amor que é impossível para nossas almas identificar o que é o amor enquanto estão lá. Elas precisam chegar a um lugar onde o amor é especial e precioso e muitas vezes contrasta com um mundo desconectado da possibilidade de experimentá-lo. Portanto, explicar a nosso parceiro o que nos faz amá-lo permite que essa parte infinita dele chegue muito mais perto de cumprir sua missão na Terra. Encarar o desafio de responder honestamente a esta pergunta é um dos atos de serviço mais profundos nos quais podemos nos envolver.

O que todos nós realmente queremos ouvir

Apesar do poder que sua resposta pode ter, é muito raro que façamos essa pergunta a nosso parceiro, ou até a nós mesmos.

> **Meu amor por você é infinito."**
> – Chris

"Você vai desmoronar se eu morrer?"
Leia o QR code para assistir à conversa.

Se isso acontecer, geralmente é no contexto de uma briga ou de um rompimento, quando já estamos sofrendo por causa de algum tipo de mágoa e olhando para o relacionamento através dessa lente. Então, a pergunta tem um elemento de "Por que estou tão envolvido nessa relação?" ou "O que estou ganhando com isso?", enquanto tentamos racionalizar a dor que sentimos.

É por isso que criar um espaço intencional para fazer essas perguntas é tão importante. Sem ter criado uma estrutura na qual indagações como essa possam ser feitas e aceitas como verdades, seria difícil obter uma resposta pura. No entanto, perguntando agora, no final de uma conversa em que sua conexão foi vista de todos os ângulos, depois de passar um bom tempo em um espaço seguro que permitiu a ambos a liberdade de se sentirem emocionalmente vulneráveis, você tem a oportunidade de realmente ouvir os motivos pelos quais seu parceiro o ama, agora e neste exato momento. Esses motivos vêm de uma visão do relacionamento como um todo, com olhos e coração abertos. No fim das contas, não é isso que vocês dois mais querem ouvir?

Voltemos brevemente à conversa entre Rock e Marcela, o casal que manteve o relacionamento apesar dos desafios apresentados por anos de encarceramento, cuja conversa abordamos na pergunta 8 para ver como essa perspectiva abrangente pode permitir que respostas únicas e impactantes surjam a partir desta questão. Quando Rock coloca isso para Marcela, ela arregala os olhos e solta um suspiro trêmulo assim que o poder de seu amor por Rock a atinge com força total. Não demora muito para ela condensar esses vastos sentimentos em um diamante de verdades: "Você me completa", diz ela. "Você me faz uma mulher melhor."

Rock se permite assimilar aquilo por um momento antes de responder. "Por que eu te amo?", começa ele. "Depois de dezoito anos e meio entrando e saindo da cadeia, tenho 36 anos, prestes a completar 37. Tudo o que imaginei ter na vida desde a primeira vez que fui preso, aos 13..." Ele respira fundo, reflexivo, depois solta o ar. "Eu [agora] tenho tudo o que sempre desejei na vida. Você me ajudou a realizar tudo o que eu sabia que precisava em minha vida para não voltar para a prisão, para não voltar às ruas."

"Então, eu faço de você uma pessoa melhor?", pergunta Marcela com um sorriso irônico.

"Você aperfeiçoou minha compreensão sobre a integridade", responde Rock, e é possível ver nos olhos de Marcela o alívio e a sensação de orgulho, poder e compreensão que essa declaração lhe dá depois de tudo que passaram juntos.

Sugestões para absorver esta pergunta

Não é incomum que, quando esta pergunta é feita, a resposta automática dos participantes seja: "Eu só te amo". Às vezes, essa reação pode ser mais um daqueles mantras culturais que acabam aparecendo. Somos ensinados que o amor é simplesmente... amor. É apenas um sentimento misterioso, abrangente e incondicional demais para ser colocado em palavras. Nunca entendi o amor verdadeiramente incondicional até meu filho nascer. Com meu filho, meu amor não é uma escolha. É algo que nada seria capaz de tirar de mim ou alterar.

Mas todos nós escolhemos amar nossos parceiros. E há uma beleza especial nisso. Pense no que o leva a fazer essa escolha e você será capaz de responder a essa pergunta de uma forma que seja verdadeira para você em específico, sem apenas recitar um mantra cultural. Como vimos com Rock e Marcela, descrever o aparentemente indescritível com palavras é possível. Entretanto, não é sempre possível, ou mesmo necessário. Por trás das palavras que você pode ou não encontrar para expressar seu amor, existe só um sentimento puro, e isso, não importa quão completamente você domine a habilidade de articulação emocional, é impossível de colocar em palavras. Talvez a única maneira de expressar seja por meio de um momento de silêncio profundo e conectivo, em que esse sentimento esteja presente e aceso em seu coração. As palavras que dão sentido a esse momento podem ser exatamente "Eu só te amo". Porém, se você de fato se entregar a essas emoções, se convocar esse sentimento de amor para aquele ambiente e apenas deixar que ele fique ali, com você e seu parceiro, "Eu só te amo" não será um mantra; será uma expressão honesta da sua verdade e acredite, vocês dois conseguirão sentir essa diferença.

Gostaria de compartilhar com vocês um momento como esse, que aconteceu entre Rafa e Douglas, o primeiro casal a que fomos apresentados no começo deste livro.

"Por que você me ama?", pergunta Rafa.

Antes de responder à pergunta, Douglas reserva um tempo para deixar os sentimentos por Rafa virem à tona. Ele balança a cabeça algumas vezes, conectando-se com eles. Tendo explorado as emoções tão plenamente na conversa até este ponto, elas estão por perto, e ele leva apenas um segundo para assimilá-las.

Douglas responde: "Não existe um motivo nem nada. E é por isso que é tão valioso. Eu só... Eu só te amo. Apenas *é*. Eu te amo, profundamente. Simples assim".

Se tivessem sido ditas por outra pessoa, alguém que não tivesse aproveitado aquele momento-chave para refletir sobre seus sentimentos antes de falar, essas mesmas palavras poderiam ter sido uma repetição cultural. É impossível mostrar textualmente a diferença, mas, se você assistir à conversa deles, se enxergar a verdade brilhando nos olhos de Douglas, as lágrimas que caem dos olhos de Rafa naquele momento sagrado de silêncio conectivo que encerra a conversa, verá exatamente o que quero dizer.

Os dois ficam ali sentados por um longo tempo, sem dizer nada, apenas encarando as pupilas cor de ônix um do outro. Fisicamente, está acontecendo exatamente a mesma coisa que aconteceu quando os dois sentaram para conversar: eles, sentados em silêncio, olhando nos olhos um do outro. Mas esse silêncio é diferente. Algo — invisível, mas inegavelmente real — mudou, cresceu, fortaleceu-se. Ao olhar para as pupilas de seu parceiro, o que você vê? O infinito? O reflexo de sua própria alma em outra pessoa? Ou simplesmente o olhar amoroso da pessoa com quem escolheu compartilhar a beleza da verdadeira intimidade?

Eles se olham nos olhos por um longo tempo.

E então, simultaneamente encerrando a conversa e iniciando o próximo capítulo do relacionamento, Rafa sussurra para o marido: "Eu também".

III: ANTES DE COMEÇAR

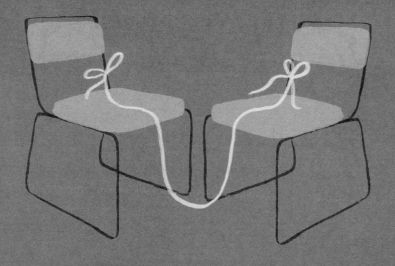

Você viu como o poder das perguntas pode moldar as possibilidades, os componentes que constituem uma pergunta poderosa e como a criação de um espaço seguro é fundamental para uma conversa conectiva.

Mas o que acontece quando, durante a conversa, as coisas parecem sair dos eixos? O que você pode fazer para colocá-las de volta nos trilhos? Qual é a melhor maneira de se comprometer com essas 12 questões ou sempre que você entrar no espaço intermediário? Aqui estão algumas estratégias para administrar desafios como esses.

SOLUÇÃO DE CONFLITOS: COMO RECALCULAR A ROTA

Ter uma conversa profunda e honesta pode ser um desafio, principalmente se você e seu parceiro não estão acostumados a fazer isso. Colocar esses métodos em prática ajudará muito a suavizar quaisquer obstáculos que você possa encontrar durante uma discussão íntima. Porém, se por algum motivo você ainda estiver com dificuldades ou nervoso para começar, tudo bem. Aqui estão algumas maneiras de atenuar facilmente os problemas e preocupações mais comuns que podem surgir dessa conversa guiada, bem como dicas para colocá-la de volta nos trilhos caso você e seu parceiro fiquem travados.

Regras gerais

Não entre nessa conversa com expectativas ou intenções

O objetivo desta conversa é que ela aconteça, nada além disso. Não precisa mudar sua vida, não precisa ser profundo e, o mais importante, não precisa resolver nada. Existe uma chance de que ela faça tudo isso e muito mais, contudo, se você entrar na conversa com um resultado em mente, ela estará fatalmente condenada desde o início.

Se chegou até aqui, a ideia de ter uma conversa que ajude você a se conectar com seu parceiro em um nível profundo e íntimo talvez lhe dê algum tipo de resposta emocional. Talvez pareça interessante ou excitante, ou algo como um desafio que você sente que o levará a uma compreensão mais profunda de si mesmo, de seu parceiro e de seu relacionamento. Quem sabe a uma forma mais consciente de estar no mundo? Melhor ainda. Mas eu também arriscaria um palpite de que, logo depois que a resposta emocional surge de seu coração, seu cérebro começa a ter ideias e a sussurrá-las para você, cheio de entusiasmo, possivelmente abafando essas emoções sinceras. "O que você pode tirar dessa conversa?", pergunta ele. E, então, talvez você tenha começado a pensar em como essa conversa poderia melhorar seu relacionamento da maneira concreta, as coisas específicas que ela poderia mudar no modo como você e seu parceiro interagem. Será que ela seria capaz de resolver aquele problema que sempre surge entre vocês dois, aquele ponto de atrito que sempre leva a uma briga? Ou talvez comece a fantasiar sobre como essa conversa pode ser uma experiência poderosa e transformadora para você, como ela pode se tornar uma memória que você e seu parceiro vão valorizar nos próximos anos.

Tudo isso é normal. Eu jamais o julgaria por ter pensamentos como esses, e, se eles lhe fornecerem a motivação necessária para decidir de fato seguir em frente e ter a conversa descrita neste livro, maravilha. No entanto, depois de tomar essa decisão, é de extrema importância que você deixe esses pensamentos de lado. No momento em que senta para ter essa conversa, essas motivações orientadas pelo pensamento que visam a resultados e são geradas por nossa cabeça devem ficar o mais longe possível de seu espaço. Deixe de lado as expectativas. Em vez disso, concentre-se no que o trouxe até aqui: aquela centelha emocional inicial de interesse e curiosidade em torno de *apenas ter a conversa* que brotou do seu coração.

Você e seu parceiro não entram nesta conversa para que dois *cérebros* possam se conectar. Vocês estão fazendo isso para que dois *seres* possam se conectar. Seu cérebro fala o suficiente nas conversas do dia a dia. Esta conversa é uma oportunidade para seu coração ocupar o centro do palco e dizer o que quer. Depois de começar a se envolver com as perguntas, confie na escuta profunda tanto quanto possível — entrando em contato com seu corpo e confiando nesses sentimentos intuitivos antes de formular sua resposta a uma pergunta — para garantir que a conversa seja guiada pelo que seu coração deseja a cada momento, e não por uma pauta rígida prescrita por sua cabeça. A mente foi construída para proteger. O coração foi feito para se conectar. Esta é uma oportunidade de treinar o ato de deixar que seu coração seja ouvido. Entrar nesta experiência com uma ideia fixa não permitirá que isso aconteça, fará apenas com que você pense em vez de sentir, e pronuncie o discurso cuidadoso e calculista da mente.

Respeite a sequência das 12 perguntas

Espero sinceramente que a conversa por meio da qual este livro o guia seja a primeira de muitas conversas íntimas compostas de perguntas ponderadas e poderosas que terá em sua vida. Cada uma delas será diferente. Talvez você pratique com o conjunto de cartas {THE AND} ou com o aplicativo {THE AND}. Talvez você e seu parceiro se tornem tão bons em criar perguntas melhores por conta própria que iniciem uma conversa desse tipo sem nenhuma orientação.

No entanto, para a conversa específica descrita neste livro, sugiro fortemente que não faça essas perguntas de maneira aleatória. Essas 12 perguntas são sequenciadas de uma forma muito intencional. Como já viu, elas pretendem construir uma base de intimidade e conexão, recorrendo ao passado antes de passarem para as alegrias e os desafios do presente. Depois de exploradas, as perguntas pedem que você olhe para o futuro com uma visão abrangente do relacionamento que está fresca em sua mente, antes de encerrar com mais uma nota de pura conexão.

Portanto, é melhor ter toda essa conversa de uma só vez para experimentar cada um desses passos importantes na jornada para uma intimidade mais profunda. Escolher determinadas perguntas para fazer em momentos diferentes, em especial se você não definiu inicialmente com seu parceiro o que será feito nem criou primeiro um espaço seguro, pode gerar problemas. Contudo, respeitar a ordem das perguntas descritas neste livro garante que esteja preparado para qualquer sofrimento emocional pelo qual seu relacionamento possa estar passando e cria o espaço para que ele também receba os cuidados posteriores adequados.

Se em algum momento um ou ambos sentirem que a conversa os levou a um lugar particularmente pesado ou sombrio, procurem prosseguir gentilmente com as perguntas. Tenha certeza de que elas foram cuidadosamente projetadas para levá-los para longe do perigo e colocá-los em segurança. Continuem avançando — intencionalmente, com compaixão, empatia e calma — e vocês chegarão lá juntos.

Lembre-se de desacelerar

Certifique-se de que você e seu parceiro tenham reservado tempo suficiente para esta conversa, para que não se sintam apressados e tenham a liberdade de avançar tão lentamente quanto necessário. Ter pressa em passar de uma pergunta para outra encorajará respostas superficiais e não dará tempo para que discussões profundas, às vezes inesperadas, surjam em cada uma delas. As discussões tangenciais às quais suas respostas podem levá-los são frequentemente muito mais importantes do que qualquer resposta direta.

Lembre-se de que a ideia é parar de focar tanto as respostas. Portanto, não responda a uma pergunta e simplesmente siga adiante se sua resposta ou a de seu parceiro começar a desenterrar uma peça maior do quebra-cabeça. Cave tão fundo quanto for necessário. Não tenha medo de sujar as mãos.

Deixe a conversa ir para onde quiser e permita que qualquer direção emane de seu corpo. Deixe que novas questões surjam das respostas a estas 12 perguntas. Mas tenha em mente que nem todas as perguntas são iguais, então faça o possível para ser consciente ao criar quaisquer desdobramentos. Pergunte e responda de forma completa e abrangente, abrindo espaço para que a dança da escuta profunda e da articulação emocional ocorra em seu próprio ritmo. Sem pressa.

O que fazer se a conversa se tornar dolorosa demais

Embora seja sempre importante avançar nesta conversa de forma lenta, isso é especialmente verdadeiro quando o teor emocional da conversa aumenta ou se as coisas ficam mais inflamadas. Quando a dor aparece ou surge um conflito, há um desejo natural de acelerar e tentar sair correndo daquele sentimento angustiante em direção ao conforto, ou de dizer o que precisa o mais rápido possível. Esteja atento a essas armadilhas, respire fundo e desacelere para poder escapar delas.

Se chegar um momento em que você sentir o desejo natural de fugir desse momento vulnerável em que se encontra, tente lembrar o que aprendemos na pergunta 7 (*Qual das minhas dores você gostaria de curar e por quê?*). A exploração segura e amparada da dor é o que leva à cura. Dores ignoradas continuam causando dor. E, embora tratar qualquer tipo de dor raramente seja confortável, é a única maneira de nos livrarmos dela de fato e seguirmos em frente. Portanto, acolha sua dor emocional. É na cura dessa aflição que nossa alegria consegue se aprofundar. Convide-a para uma xícara de chá. Deixe que ela diga o que quer e depois passe para a pergunta seguinte, sabendo que as 12 perguntas vão naturalmente guiá-lo de volta a emoções mais agradáveis em breve.

Escuta criativa

Se vocês entrarem em conflito e sentirem o clima esquentando e o ritmo acelerando, tenho duas ferramentas que poderão ajudá-los imensamente. Uma delas é chamada escuta criativa, termo cunhado por meu bom amigo e líder de desenvolvimento de softwares Richard Tripp. Incrivelmente articulado e com uma mente obstinadamente criativa, Tripp desempenhou papéis importantes na elaboração de técnicas pioneiras que melhoraram a comunicação entre desenvolvedores de software e líderes empresariais (grupos que muitas vezes estão em conflito). A escuta criativa, conforme ensinada por Tripp, é uma maneira simples e confiável de direcionar a energia da conversa para a construção de um propósito compartilhado, ouvindo uns aos outros, não para responder, nem mesmo para entender, mas para ajudar com a articulação de uma nova constatação que acontece em tempo real.

Funciona assim: para ter certeza de que de fato você está ouvindo a outra pessoa, e para que o orador saiba disso, antes de dar qualquer resposta, a primeira coisa a fazer é repetir o que entendeu que o orador disse. Você pode começar com "Para confirmar" ou "O que eu entendo que você está dizendo é". Dessa forma, o orador sabe que você está ouvindo e tentando compreender, o que é uma nova alternativa ao mais comum "ouvir para responder" que costumamos usar como padrão em nossa comunicação. Muitas vezes acabamos brigando não porque queremos estar certos ou errados, mas simplesmente pelo desejo de sermos ouvidos. Portanto, quando o orador concluir seu argumento, antes de responder repita para ele o que você ouviu.

Agora ele tem três opções. Uma é dizer: "Sim, foi isso que eu disse". Mas o que pode acontecer na verdade é que, psicologicamente, o orador relaxe, porque sabe que foi ouvido. Você acabou de repetir o que ele disse, e ele sabe que você o entendeu. Portanto, à medida que sua conversa avança, a sensação é de que vocês estão na mesma equipe e na mesma página e estão resolvendo a situação.

A segunda opção para o orador é dizer: "Não, não foi isso que eu quis dizer". Quantas vezes você já se viu em uma conversa na qual o ouvinte interrompe e diz "É o seguinte", ou tenta desenvolver o que você está dizendo e não é nada daquilo. E, no entanto, as normas culturais nos ensinam a dizer "É, mais ou menos" e continuar, em vez de discordar, parar e esclarecer. Eu mesmo já fiz isso, especialmente quando era mais jovem. Mas este é um momento muito importante. Fazer com que o ouvinte reproduza o que está ouvindo garante que ele entenda você e o que está tentando defender. Lembre-se: a escuta criativa é como um tipo de processamento verbal no qual, em vez de nos defendermos uns dos outros, ajudamos com a articulação de uma compreensão que acontece em tempo real. Então você segue com o vai e vem, o processo continua, o orador expõe seu ponto de vista e o ouvinte o reproduz até que o orador sinta que de fato seu ponto de vista foi ouvido. Isso não significa que vocês estejam concordando um com o outro. Significa apenas que você está garantindo que a conversa prossiga em um espaço em que o entendimento compartilhado é uma grande prioridade, e cada participante tem a capacidade de expressar e desenvolver sua perspectiva até sentir que seu argumento foi claramente expressado e compreendido. Experimente e você ficará surpreso com a forma como seu corpo reage quando sabe que foi ouvido.

Então você vai e volta até que o orador diga: "Sim, é isso que quero dizer". Ou, então, surge uma terceira opção. Depois que o orador ouve suas palavras sendo reproduzidas para ele, ele vê tudo o que disse de um novo ponto de vista. Ele ouve algo ser repetido com novas palavras, talvez com mais distinções ou nuances que não foi capaz de articular originalmente. O orador agora tem todo o direito de dizer: "Sim, foi o que eu disse, mas, agora que ouvi você repetir, me dei conta de que não acredito mais nisso". Isso acontece com maior frequência do que gostamos de admitir. Ouvir nossa própria ideia por meio de outra pessoa nos permite que nos desidentifiquemos dela o bastante para sermos capazes de avaliá-la de forma mais deliberada do que quando tentamos explicá-la nós mesmos.

Quando não nos sentimos ouvidos, nos fechamos e começamos a confundir nosso desejo de escuta com o desejo de ter razão. Porém, uma vez que você é ouvido, o espaço se abre para você olhar para o seu argumento e ver se ele ainda faz sentido, e até mesmo para possivelmente mudar de opinião depois de ouvir seu argumento ser reproduzido. O que a escuta criativa faz é criar o espaço para isso. No trabalho, em The Skin Deep, e com minha parceira em casa, sempre que me sinto tenso e quero controlar as coisas, acelerar ou bater de frente, rapidamente utilizo a escuta criativa.

Implemente regras rígidas

Esta é uma ferramenta pequena, embora poderosa, que meu pai, dr. Ichak Adizes, pioneiro em gestão de mudanças, utiliza em sua metodologia e prática de escalar mudanças culturais. Sendo seus filhos, meu irmão e eu tivemos que lidar muito com essa técnica sempre que as discussões esquentavam. Um de nós gritava "Regras rígidas!", e todos obedeciam. Regras rígidas são uma ferramenta extremamente útil para colocar um freio imediato nas coisas e criar espaço para que todos sejam cem por cento ouvidos. Afinal, é muito difícil chegar a algum lugar se todos se interrompem e levantam a voz para serem ouvidos. Então, se perceber que isso está acontecendo, diga "Regras rígidas!", o que significa que ninguém pode falar até que quem está falando diga seu nome, como se houvesse um bastão a ser passado de um para outro. A próxima pessoa só poderá começar quando o orador atual mostrar que concluiu o discurso dizendo o nome dela. Em essência, ele está entregando o bastão da fala. Quando isso for feito em grupos grandes, o orador olhará para a direita. Quem quiser falar a seguir levantará a mão, e o orador nomeará quem estiver mais próximo à sua direita com a mão levantada. Em uma conversa entre duas pessoas, está claro quem é o próximo, mas em grupos você segue em direção à direita. Observação: isso é especialmente útil em sessões de *brainstorming* ou ao processar uma pergunta controversa dentro de uma equipe. Portanto, se perceber que não está conseguindo desacelerar, utilizar-se das regras rígidas pode ajudar a esfriar um pouco, criando espaço para que todos sejam ouvidos.

Certifique-se de fechar o espaço

Se a qualquer momento você ou seu parceiro quiserem interromper a conversa porque se tornou muito doloroso continuar, ou simplesmente o tempo acabou e um de vocês precisa ir embora, é imperativo que fechem o espaço que abriram quando a conversa começou. Quando o desconforto ou o conflito começarem a parecer insuportáveis, não termine a conversa simplesmente. Em vez disso, independentemente do ponto em que estiverem na conversa, pare, respire fundo e vá para as perguntas 11 e 12. Garantir que essas duas perguntas finais sejam feitas e respondidas fechará o espaço com um tom conectivo, não importa aonde a conversa os tenha levado.

O que fazer quando você sente que seu parceiro não está participando plenamente

Não é incomum que um parceiro esteja entusiasmado de entrar em uma conversa como essa e que o parceiro, bem, não compartilhe desse sentimento. Ele pode enxergar aquilo como uma perda de tempo ou algo banal, ou pode ficar aterrorizado com a perspectiva de se envolver ativamente em qualquer coisa que os deixe vulneráveis. Se essa situação lembra a de seu parceiro, mas você está interessado em ter essa conversa, seja gentil e sensível ao convidá-lo para ter esta experiência com você. Lembre-o de que ele pode escolher pular uma pergunta que não queira responder por qualquer motivo. Tranquilize-o esclarecendo que nada específico precisa sair da conversa e que, não importa o que aconteça, o que conta é ter a experiência.

Se achar que seu parceiro ainda está hesitante em se envolver nessa conversa guiada com você, sugiro marcar um horário para sentarem juntos e expressar a ele quanto é importante para vocês jogarem esse jogo juntos e por quê. Se, mesmo depois que você disser que deseja genuinamente passar por essa experiência, ele se recusar a fazê-lo, talvez seja hora de refletir sobre o que isso lhe diz a respeito de seu relacionamento. Essa provavelmente não é a única situação em que você deseja compartilhar algo importante para você com seu parceiro e ele não está disposto a entrar nesse espaço. Isso por si só pode ser um ponto construtivo do qual iniciar a conversa. No fim das contas, você não pode forçar ninguém a ter essa experiência com você. Sem a participação consciente e voluntária de ambos os parceiros, a conexão íntima que essas questões pretendem desenvolver acabará não sendo nutrida.

Agora, uma vez que os dois concordaram em participar e começaram a conversa, se sentir que seu parceiro não está se comprometendo tão profundamente com os aspectos emocionais do processo da mesma forma que você está ou como você gostaria que estivesse, dê um passo para trás e tente lhe dar espaço para que ele seja quem é. Você pode estar se sentindo assim porque ele simplesmente não é tão hábil quanto você em articular as emoções, e, como vimos, isso pode ser praticado. Todos nós nos comunicamos de modos diferentes, e pode não ser assim que seu parceiro se comunica. Pode ser que ele comunique as emoções de outras maneiras.

Embora esta seja uma experiência para vocês dois compartilharem, ninguém precisa agir de determinada forma, e é impossível fazer isso direito sem simplesmente participar dela. Diminua suas expectativas e permita que a conversa se desenvolva de modo natural. Se, ao fim, você sentir que não atingiu o nível de profundidade emocional que gostaria, lembre-se de que não existe perfeição. Nem sequer estamos em busca do jeito "certo". Essa é uma prática que consiste em entrar no espaço intermediário e explorar o que está presente entre vocês. Você sempre pode tentar novamente no futuro, e a única certeza é que cada vez será diferente e revelará algo novo.

Para onde ir a partir daqui...

E se as coisas correrem realmente mal, com M maiúsculo? E se, ao ter essa conversa, você perceber que a conexão com seu parceiro não é tão forte quanto imaginava — ou, quem sabe, completamente insustentável? Talvez ele se recuse a ouvir sua verdade. Ou talvez você perceba que aquela faísca inicial que sentia tremeluziu e desapareceu. Talvez, como aconteceu em um dos meus relacionamentos, você entenda que vocês simplesmente estão em duas trajetórias diferentes na vida. Ou talvez perceba pela primeira vez que a pessoa diante de quem você está sentado é, na verdade, nada mais nada menos do que um completo idiota. Acontece.

E aí? E se essa conversa fizer com que você e seu parceiro se separem?

Não vou mentir para você — é uma possibilidade. Já vi isso acontecer mais de uma vez. Lembro-me de estar na Bélgica para uma palestra e um colega orador me abordar antes de eu iniciar minha fala.

"Ei, Topaz", disse ele, indo direto ao ponto. "Esses seus cartões de perguntas acabaram com o meu casamento!"

Não é incomum ignorarmos deliberadamente os pontos onde não ressoamos com nosso parceiro ou onde perdemos a ressonância com ele ao longo do tempo. Essas notas desafinadas simplesmente não soam bem. Então não as ouvimos. Nós as bloqueamos. Talvez tenhamos investido tanto em nosso relacionamento que às vezes preferimos ignorar o som da dissonância a admitir que nós e nosso parceiro não estamos mais em harmonia um com o outro. E ainda mais importante, confrontar o fato de que a vontade de atingir essa ressonância se dissipou. É assim que queremos passar o resto de nossas vidas? Diminuindo o volume de uma música que não temos mais prazer em ouvir? Não seria melhor passar o breve tempo que temos na Terra totalmente imersos numa bela sinfonia, no volume máximo?

Compartilhei muito sobre a importância de desacelerar, de se sentir desconfortável, de não se apressar para dar o próximo passo. Acredito que esse conselho seja válido em muitas situações, principalmente quando há o intuito de estar ativamente envolvido no tipo de conversa que estou propondo. Mas toda regra tem suas exceções, e certamente há momentos em que é inútil, até mesmo autodestrutivo, permanecer em uma situação dolorosa por mais tempo. Às vezes, passar para o próximo capítulo acaba sendo a melhor coisa a fazer.

Resumi o que meu colega orador me disse naquela conferência na Bélgica. Sim, ele me contou que as perguntas que criei acabaram com seu casamento de muitos anos. Mas você sabe o que ele me disse em seguida? "Obrigado. Isso me ajudou a encontrar a pessoa com quem estou agora. Estou muito mais feliz." Pude ver em seus olhos que ele estava falando sério.

Se esta conversa encerrar seu relacionamento, ótimo. Você se *sentirá bem* com essa conclusão no momento em que ela chegar? Há uma boa chance de que isso não aconteça. Mas, individualmente, que recurso mais valioso temos na vida do que nosso tempo? Se esta conversa ajudar você a chegar ao fim de um relacionamento dissonante mais rapidamente, não estará muito mais perto de encontrar seu próximo parceiro e aprender as próximas lições que ele e o universo reservam para você? Como vimos repetidas vezes, uma das chaves para um relacionamento saudável é a capacidade de lidar com os desafios e com as mudanças inevitáveis que a vida colocará em seu caminho. Se esta conversa for um desses desafios e vocês não forem capazes de lidar com ele, eu diria que essa é uma informação muito valiosa. Se você descobrir que seu barco está furado, que não aguenta o balanço das ondas, não será melhor gastar seu tempo procurando um novo navio?

Você pode continuar contendo os vazamentos, exaurindo-se mental e fisicamente, por mais alguns meses ou anos. Mas você realmente quer passar por isso? Esse é o melhor uso que você pode fazer do seu tempo? Alguns vazamentos podem ser resolvidos depois que são identificados. Mas, se você e seu parceiro não têm a intenção de consertá-los, esse não é um bom presságio para a longevidade do navio.

Dito isso, estatisticamente falando, é muito mais provável que essa conversa os aproxime do que os afaste. A maioria das centenas e centenas de casais que vi lidar com essas questões descobriu que seu nível de intimidade floresceu muito além do que era. A capacidade de resistir às tempestades aumentou, e as lições que essas tempestades ofereceram tornaram-se mais claras.

A consciência dos ensinamentos que os parceiros ofereciam diariamente cresceu. E, além de tudo isso, eles se divertiram. Eles riram e, quando choraram, ficaram gratos pelas lágrimas.

Se você usar as ferramentas e se entregar totalmente à experiência de entrar no espaço intermediário, esse será o resultado mais provável. Mas não pare por aí. Mesmo que sua experiência com essas 12 perguntas seja melhor do que jamais imaginou, ainda assim o encorajo a voltar a esta conversa quantas vezes achar necessário. As respostas mudarão, as habilidades de comunicação que você tem ficarão cada vez melhores, e sua conexão com seu parceiro ficará cada vez mais forte. Responder à pergunta final que ofereço aqui não é o fim. Na verdade, acho que você descobrirá que é exatamente o oposto.

CONCLUSÕES E OUTROS ENSINAMENTOS

Há alguns anos, enchi minhas malas de equipamentos fotográficos e fui para Western Slope, no Colorado. Meu destino era uma comunidade de fazendeiros, pecuaristas e caubóis de verdade para gravar um filme. Como normalmente acontece sempre que me aventuro pelo mundo para reunir imagens, não tinha ideia do que encontraria por lá. Vacas? Provavelmente. Belas montanhas? Com sorte, sim. Poeira? Certamente. Mas, independentemente disso, minhas expectativas eram uma tábula rasa.

Minha passagem por lá acabou sendo uma das experiências mais gratificantes e educativas da minha vida, por uma série de razões. Algumas das coisas que aprendi a três mil metros de altitude, nas montanhas cobertas de álamos, tinham tudo a ver com o ambiente habitado por caubóis — lições sobre responsabilidade e disciplina e sobre como modelar uma energia masculina saudável e positiva em minha vida. No entanto, talvez o ensinamento mais valioso que recebi durante meu tempo no Colorado, que aprecio e tento colocar em prática até hoje, tenha sido algo que jamais poderia imaginar que descobriria em meio a vacas, belas montanhas e poeira que encontrei lá, de fato, em abundância: o segredo para um casamento bem-sucedido.

Enquanto filmava, tive a sorte de conhecer Carl e Joetta, um casal de fazendeiros que mora em Western Slope. Desde o instante em que os conheci, fiquei impressionado com a conexão entre eles, com a intimidade que carregavam consigo em todos os momentos do dia a dia. Passei muito tempo com eles, o suficiente para vê-los em diversas ocasiões que iam de situações mundanas, passando por momentos ternos e chegando a outros mais tensos também. E essa intimidade, essa ligação de amor quase tangível entre eles estava sempre lá, sempre hipnotizante. Depois de dias tive que perguntar: "Qual é o segredo de vocês?". Como eles cultivavam um relacionamento que, mesmo para um estranho, estava obviamente dando certo?

Como as pessoas generosas e prestativas que provaram ser inúmeras vezes, eles me contaram. Era mais simples do que parecia, de um jeito quase cômico. Cinco noites por semana, no mínimo, Carl e Joetta reservam uma hora de seu tempo. Durante esse momento sagrado da noite, eles servem uma taça de vinho um ao outro, se aconchegam na banheira de hidromassagem do quintal, contemplam as Montanhas Rochosas e falam sobre suas vidas e o que estão vivendo no momento. Compartilham suas respectivas jornadas, tanto coletivas quanto individuais. É a última parte que é a mais importante. A banheira de hidromassagem, o vinho, as montanhas, tudo isso é maravilhoso, mas não é o segredo; o segredo seria o fato de Carl e Joetta reservarem intencionalmente, de forma consciente e regular, um tempo para trabalhar ativamente em sua conexão por meio da arte de ter uma conversa aberta e honesta. Eles fizeram disso uma tradição. Pude ver os frutos dessa tradição na forma como se olhavam e discordavam, no respeito mútuo. Há um amor profundo que está evidente, abundantemente visível, para qualquer um que passe algum tempo com eles.

Por que estou falando deles agora? Será que estou prestes a lhe dar exemplos de perguntas extraídas diretamente das conversas deles para que você as faça a seu parceiro? Estou prestes a tentar lhe vender uma banheira de hidromassagem ou a assinatura de um clube de vinho?

Claro que não. Assim como o cenário e as bolhas na jacuzzi não são o que torna a conexão entre Carl e Joetta tão especial, ouso dizer que também não é o conteúdo específico de suas conversas. O que torna o relacionamento dos dois tão forte é o fato de eles terem transformado as conversas sobre o relacionamento em uma prática, um ato de manutenção que realizam com alegria e zelo de forma regular. É impossível enfatizar o suficiente como trazer hábitos saudáveis como esse pode ser benéfico para uma relação. Assim, dito de forma simples, *respeite as noites a dois*. Seja uma vez por semana ou cinco vezes por semana, crie o hábito.

A conversa descrita neste livro não é algo para ser feito apenas uma vez e deixar para lá. Construir conexões íntimas é uma prática. Encorajo você a voltar a essas questões e a percorrer a conversa guiada que elas constituem com a frequência que desejar. As respostas mudarão, e a conexão com seu parceiro só se tornará mais profunda à medida que você analisar essas perguntas poderosas e outras semelhantes. Recomendo que vá além das questões específicas que apresentei neste livro, aumentando seu inventário de perguntas por meio das ferramentas que aprendeu aqui para começar a elaborar as próprias indagações, melhores até. Elas não serão úteis apenas nos relacionamentos amorosos, mas em cada conexão que fizer com outro ser humano ao longo da vida. Deixe que este livro seja o início de uma prática de aprofundar a partir de perguntas melhores todos os relacionamentos, inclusive consigo mesmo.

Elaborando perguntas melhores para você mesmo

Lembre-se do ponto onde começamos, tantas páginas atrás. Pedi que você imaginasse os primeiros momentos do seu dia, se concentrasse nos pensamentos que permeiam sua mente naqueles minutos de olhos turvos, e refletisse se cada um deles é de fato a resposta para uma pergunta que você inconscientemente se faz. Se estamos constantemente nos fazendo perguntas, será que reforçar a qualidade dessas perguntas e o grau de reflexão não agregaria apenas valor, significado, propósito e alegria à nossa vida? Quando se trata de questões mais sérias, fortalecê-las de algumas maneiras simples pode melhorar muito a qualidade de vida.

Ao fazer a si mesmo, de maneira consciente, perguntas que foram elaboradas com o objetivo de melhorar sua qualidade de vida e aprofundar a compreensão de si mesmo, tanto sua capacidade de tomar decisões quanto a de fazer exames de consciência, além de seu desenvolvimento pessoal, se tornarão processos mais fáceis e mais sintonizados com a pessoa que você realmente é.

A construção de uma pergunta que fazemos a nós mesmos tem três aspectos. O primeiro é o prazo. O segundo é como ela afeta você. O terceiro é como ela afeta os outros.

Transformando o infinito em finito

A primeira coisa que sugiro que você leve em consideração ao fazer uma pergunta importante é dar a ela um prazo claro, específico e limitado de duração. Quando nos deparamos com uma decisão importante, pode ser fácil cair na armadilha de pensar que essa decisão deve valer para sempre. Mas lembre-se: nada é para sempre. Tudo muda. Poucas das decisões que tomamos são permanentes, e incorporar períodos de tempo às perguntas que você faz a si mesmo é uma maneira de reconhecer essa regra fundamental do universo. Isso também torna o processo de decisão muito menos estressante.

Vamos revisitar uma pergunta que minha parceira e eu nos fizemos em um momento crucial de nossas vidas. Quando estávamos decidindo os detalhes sobre onde queríamos criar nossa família, que, depois que ela engravidou de nosso segundo filho, estava prestes a se expandir. E então nos perguntamos: "Onde queremos morar?". Mas, como expliquei anteriormente, essa pergunta não nos deu uma resposta clara. Assim, nossa pergunta passou a ser: "Onde queremos viver no próximo ano, até nosso novo bebê completar seis meses de idade, que seja um lugar que nos ofereça suporte na criação de um ambiente carinhoso e amoroso para nossos filhos pequenos e nos inspire a dar mais de nós mesmos um ao outro?".

Qual foi a primeira mudança na redação dessa pergunta?

"... no próximo ano, até o nosso novo bebê completar seis meses..."

Essa foi a primeira peça do quebra-cabeça que, quando se encaixou, facilitou muito a tomada daquela decisão. Não estávamos olhando para o resto de nossas vidas, tentando descobrir onde queríamos criar raízes permanentes, imutáveis. Só tínhamos que pensar em que lugar queríamos estar no próximo ano. Apenas isso. E isso era muito mais fácil de decidir.

Permita que seus sentimentos guiem você

Se continuarmos a quebrar a versão empoderada de "Onde queremos morar?", chegamos a "e nos inspire a dar mais de nós mesmos um ao outro". Esta parte da pergunta foi útil para nós, porque o foco era a maneira como uma potencial resposta afetaria diretamente a forma como nos sentiríamos. Quando estávamos procurando uma nova casa, minha parceira e eu começamos a pensar em como nós, pessoalmente, queríamos nos sentir naquele lugar. Depois de um pouco de autorreflexão, concluímos que queríamos nos sentir inspirados e mais rodeados de amor. Assim como o limite de tempo, isso reduziu as opções. Facilitou a tarefa de encontrar uma resposta, mas também nos ajudou a focar o que *realmente* queríamos de nossa casa. Fazer uma pergunta melhor nos ajudou a pensar de uma forma que a pergunta "Onde queremos morar?" nunca poderia ter feita.

Levando em consideração o efeito cascata

Aqui está a última mudança que fizemos na pergunta que nos guiou para encontrarmos e nos sentirmos confortáveis em nossa casa: "que seja um lugar que nos ofereça suporte na criação de um ambiente carinhoso e amoroso para nossos filhos pequenos".

Tivemos que reconhecer que a resposta à nossa pergunta não afetaria apenas um de nós dois de maneira individual. Como qualquer decisão que tomamos em nossas vidas, isso afetaria as pessoas a nosso redor. Queríamos sentir que o lugar em si estaria nutrindo nossa família. E esse é o último aspecto da elaboração de perguntas melhores: leve em consideração o efeito cascata que isso terá em sua comunidade, e vice-versa.

Desenvolvendo suas perguntas

Esses blocos de construção não apenas o ajudarão a criar perguntas autodirecionadas do zero, mas também poderão moldar uma pergunta de acordo com suas necessidades e então ajudá-lo a ver quais possibilidades surgem. Isso é mais empoderador, emocionante e, o mais importante, coloca você na posição de tomar uma atitude. Vamos dar uma olhada em alguns exemplos.

"Que trabalho eu deveria arrumar?" Essa é uma pergunta que muitos de nós fazemos, quer estejamos procurando o primeiro emprego ou um novo. Aqui há claramente uma oportunidade para melhorar esta autoinvestigação. Primeiro, vamos estabelecer um prazo. Talvez mudar para a pergunta "Que trabalho devo arrumar no próximo capítulo de minha carreira?" ajude a aliviar um pouco a pressão. É apenas o próximo capítulo. É um próximo passo, nada mais.

Agora vamos infundir a pergunta com nosso segundo elemento para elaborar perguntas melhores: como você se sente a respeito. Que tal: "Que trabalho me inspiraria no próximo capítulo de minha carreira?". Ou talvez uma das seguintes opções seja melhor para você: "O que mais me empolga no próximo passo de minha carreira?"; "Qual trabalho me entusiasmaria mais nesse momento da minha carreira?"; "Que tipo de trabalho tenho medo de almejar e ainda assim me entusiasma profissionalmente?"; "Qual seria o trabalho que traria o maior desafio para mim nesse momento profissional?";

"Qual trabalho é mais estratégico para o meu próximo passo profissional?". Você pode inserir diferentes adjetivos e ideias sobre como se sentiria nesse trabalho ou como esse trabalho poderia afetá-lo.

Agora, vamos acrescentar mais uma camada: como isso afeta as pessoas ao seu redor. No caso, a pergunta "Que trabalho me inspiraria no próximo capítulo de minha carreira?" poderia ser ajustada e se tornar "Que trabalho me inspiraria para o próximo capítulo de minha carreira e me permitiria [preencha o espaço em branco — por exemplo: contribuir ao máximo para o setor, apoiar minha família neste momento de desafio ou inspirar outros a seguir o exemplo e enfrentar os maiores desafios que acredito que precisam ser enfrentados nos dias de hoje?]". Seja o que for, você pode ver que, ao brincar com esses três componentes da pergunta, diferentes possibilidades acabam surgindo. Sua mente é excelente em encontrar respostas. Certifique-se de fornecer perguntas maravilhosas para que ela possa responder.

Outro exemplo de pergunta: "Por que não estou na forma física que gostaria?". Já é possível ver como essa pergunta foi construída para conduzi-lo por um caminho conturbado. Você só pode obter respostas negativas a essa pergunta. Em vez de "Por que não estou na forma física que gostaria?", poderíamos dar a essa pergunta uma perspectiva mais empoderadora, acrescentando um período de tempo, da seguinte maneira: "O que posso fazer nas próximas três semanas para me sentir em melhor forma física?". Já estamos tornando a pergunta mais positiva, adicionando "O que posso fazer" para que você busque maneiras de agir. Além disso, você estabelece um prazo administrável — as próximas três semanas — para colocar essas ideias em ação.

Agora vamos refinar e aprofundar essa pergunta. O que realmente significa "melhor forma física"? Isso é muito amplo. Vamos nos concentrar em como você se sente: "O que posso fazer nas próximas três semanas que permitirá que eu me sinta revigorado e com mais vitalidade?". Agora você está se perguntando como produzir soluções e ideias empoderadoras, dentro de um prazo e com uma ideia clara de como a resposta vai afetá-lo.

Agora acrescentaremos a terceira camada, que é como isso afeta outras pessoas. Então, e se a pergunta for "O que posso fazer nas próximas três semanas que permitirá que eu me sinta revigorado e com mais vitalidade, de modo que possa estar em maior conexão com meus filhos quando brincar com eles?". Ou: "... para que eu possa levar meus filhos para fazer uma trilha de três horas?". Dessa maneira, com uma pergunta empoderadora, que é alcançável porque tem um prazo estabelecido e o conecta a outras pessoas além de provocar um impacto positivo sobre elas, você pode de fato encontrar uma resposta mais maravilhosa, tangível e inspiradora do que com a pergunta original — "Por que não estou na forma que gostaria?".

E quanto à pergunta "Como vou conseguir sair disso?". Quando coisas realmente ruins acontecem, essa pode ser uma das perguntas que você tenta responder. E se mudássemos essa pergunta para "Como estará minha saúde mental e emocional daqui a um ano?". Dessa forma, estamos esclarecendo o que significa "sair disso" — saúde emocional e mental — e dando um prazo para essa tarefa. E podemos cavar ainda mais fundo. Se quisermos uma resposta para "O que é exatamente saúde mental e emocional para mim?", por que não ajustamos a pergunta para "O que será realização e alegria para mim daqui a um ano?". Vê como apenas ajustar o aspecto relacionado à maneira como algo é sentido por você pode levá-lo em uma direção diferente?

Agora vamos acrescentar a última camada, que é o efeito causado em outras pessoas, e que nos deixa com a pergunta: "Daqui a um ano, como será para mim me sentir realizado e alegre para estar em condições de apoiar positivamente meus entes queridos?". Ou: "Como posso alcançar uma sensação de realização e alegria, para que daqui a um ano eu possa compartilhar minha jornada com outras pessoas que estejam passando por uma situação semelhante?". Ao dar um prazo a uma pergunta, fazemos com que ela seja tangível e acessível. Ao afirmarmos como ela nos faz sentir e como afeta os demais, estamos ao mesmo tempo esclarecendo qual poderia ser a resposta possível e também nos dando motivação para seguir em frente.

A ideia aqui é brincar e explorar as três facetas de uma pergunta. Continue a substituir os três aspectos de qualquer pergunta por diferentes possibilidades e então veja o que lhe parece melhor. Aonde isso o leva? Você se sente mais empoderado, com mais iniciativa e capacidade do que antes? Isso é o que quero dizer com parar de procurar respostas. Crie perguntas melhores. Use mais criatividade ao criar a pergunta e você encontrará uma resposta mais poderosa e empoderadora.

O propósito de tudo isso

O exercício de fazer perguntas melhores a si mesmo não apenas facilita o ato de encontrar uma resposta; muda fundamentalmente sua experiência de vida e sua percepção e representação do mundo ao seu redor. Tornar-se mais consciente da maneira como decisões afetam os sentimentos, incorporando essa reflexão às perguntas, pode permitir que você veja com clareza o que funciona e o que não funciona em sua jornada ao longo da vida rumo à realização, ao crescimento, à expansão e ao aprofundamento. Traz iniciativa para a forma como você constrói significado em sua vida. Fazer perguntas que levem em consideração as pessoas a seu redor naturalmente o levará a ver a interconexão que todos nós compartilhamos como seres humanos — a mesma espécie vivendo no mesmo planeta. Isso também o fará lembrar-se constantemente de que o tempo, em quantidade preciosa e limitada, pode servir como um lembrete de que tudo acaba, sincronizando assim o seu pensamento com o fluxo natural da vida.

Então, em vez de fazer a pergunta "Esta é a pessoa com quem quero estar para sempre?", pergunte-se "Esta é a pessoa com quem quero passar os próximos capítulos da minha vida? Alguém com quem eu posso embarcar em uma jornada de crescimento e aprendizado que vai enriquecer a nós dois até o fim deste capítulo?". Essa é uma pergunta da qual se orgulhar, uma pergunta que honra a verdade em você, a verdade em seu parceiro e a verdade do universo. Porque todos os capítulos chegam ao fim. A única constante na vida é a mudança, e a única certeza é que um dia morreremos. No entanto, não consigo pensar numa maneira melhor de passar o tempo que temos na Terra do que construindo conscientemente ligações íntimas, vibrantes e significativas com as pessoas com quem partilhamos esse tempo. Fazer isso — e fazê-lo de forma plena, corajosa e vulnerável — é o que faz a vida valer a pena. Pode até fazer com que aquele momento de confronto com a realidade de que todas as coisas terminam seja uma experiência doce e bela.

Últimas considerações: a conexão interpessoal é universal

Em 1995 tive o extremo privilégio de visitar duas aldeias indígenas nas profundezas da floresta amazônica. Passei duas semanas junto aos Asurini e aos Araweté, com os quais a civilização ocidental só teve contato em 1979 e 1981, respectivamente. Certa noite, com os Asurini, fui convidado para uma cerimônia de cura para uma anciã que se aproximava do fim da vida. Espiei a entrada da grande cabana. Um forte cheiro de tabaco e fumaça preenchia um espaço que acomodava quase vinte pessoas. No centro havia uma fogueira e um pajé. Ao lado do pajé estava uma senhora idosa, praticamente pele e ossos, deitada em uma rede. Mal dava para distingui-la, exceto pelos olhos luminescentes refletindo o fogo e a cena diante deles. Ao seu redor, em círculos concêntricos, estava sua família. Começando com outros idosos da mesma geração que a dela, passando pelos filhos, já adultos, e os companheiros deles, chegando aos netos espalhados pela beira da cabana, aparentemente alheios à passagem que estava prestes a acontecer. Enquanto o pajé cantava e fazia seu trabalho, fui cativado pela forma como aquela mulher olhava para amigos, filhos e netos. Aquela tinha sido sua comunidade ao longo do tempo, e, embora ela estivesse fraca demais para se mover ou falar, seus olhos brilhavam com uma intensidade cintilante enquanto ela olhava para eles. Ficou claro para mim que ela estava encontrando paz e até alegria em seus momentos finais por causa da conexão que desenvolvera com seus entes queridos ao longo da vida. Quantos de nós faremos uma transição tão amorosa para a morte? Quantos de nós veremos nossos relacionamentos ecoarem no futuro com tanta graça e bondade?

A importância de nossas conexões interpessoais é universal. Transcende a cultura e até mesmo o tempo. Construir essas conexões é um presente duradouro que podemos dar uns aos outros e a nós mesmos. Quanto mais nossas histórias estiverem interligadas com as das pessoas mais próximas, mais felizes e saudáveis seremos. E o ato de compartilhar essas histórias uns com os outros, por meio de algo tão simples como uma conversa, pode ser nada menos que um remédio.

Que presentes sua experiência de vida moldou e você pode oferecer aos demais? Recebi muitos presentes em minha vida, os quais tentei, do meu jeito, passar para vocês. O divórcio dos meus pais, minha longa e árdua busca por intimidade, as incontáveis horas testemunhando pessoas compartilhando suas vulnerabilidades umas com as outras, a alegria e o aprendizado que {THE AND} trouxe para minha vida — todos esses foram presentes que a vida me deu e agora ofereço a vocês aqui, como histórias e, espero, como remédio. Vasculhe o passado e o presente e olhe para o futuro em busca dos seus próprios dons. Que experiências de vida lhe conferiram presentes que agora você pode compartilhar com outras pessoas? Passe-os adiante para as pessoas a seu redor sempre que puder. Se fizermos isso, o mundo poderá se tornar um lugar muito mais amoroso.

Em última análise, não tema a dor ou o desconforto. Abrace tudo. Abrace tudo isso, especialmente junto àqueles que você ama. O amor é uma prática. Como poderemos nos entregar a ele se não entrarmos no espaço intermediário?

AGRADECIMENTOS

Em primeiro lugar, quero agradecer de coração a todos os participantes de {THE AND}. Minha equipe e eu criamos o espaço e a plataforma para ouvir e compartilhar suas histórias, mas no final foram vocês, os participantes, que chegaram cheios de coragem para compartilhar vulnerabilidades e relacionamentos conosco. {THE AND}, tanto o filme quanto o livro, não seria nada sem vocês. Vocês são o núcleo fundamental a partir do qual este projeto cresceu e todos os aprendizados foram obtidos. Meu mais sincero obrigado.

Àqueles que trilharam o caminho para a construção de The Skin Deep como um estúdio de design de experiência junto comigo. Há muitos nomes para caber todos aqui, mas os principais contribuidores que ofereceram não apenas seu tempo, como também seus corações, incluem Nicholas D'Agostino, Julia Gorbach, Carla Tramullas, Chris Mcnabb, Dane Benko, Meriem Dehbi Talbot, Nazareth Soberanes, Candice Frazer, Heran Abate, Alison Goerke, Alvaro Garza Rios, Anndi Liggett, Ashika Kuruvilla, Bojana Ceranic, Chelsea Weber, Fernando Espinosa Vera, Kat Hennessey, Rosie Gardel, Grace Larkin, Hans Leuders, Jaydin Lopez, Levy Toredjo, Melanie Rosette, Nick Dunlap, Paige Polk, Rebecca Diaz, Sydney Laws, Julian Dario Villa e Tyler Rattray. Pelas tantas horas trabalhadas e pelos lindos desafios superados, sou grato a vocês pela contribuição e pelo comprometimento.

A Nathan Phillips, Lior Levy, Jeremiah e Noemie Zagar, Jacob Bronstein, Richard Tripp, Christian Contreras, Jun Harada, Mike Knowlton, Mark Harris, Lindsey Cordero, Anthony Cabraal, Armando Croda, Justin Thomson, Tracey Smith, Adrian Belic, Jarrin Kirksey, Brian Fountain, Peter Riedel, Camillia BenBassat, Tricia Neves, Thomas Droge, Kevin Courtney, Lilianna Legge, Rich Bodo, Andrew Hoppin, Gabriel Noble, Marjan Tehrani, Paola Mendoza, Michael e Martha Skolnik; obrigado por seus preciosos conselhos e contribuições ao longo dos anos para The Skin Deep e todos os projetos decorrentes dele. Seus corações são tão grandes quanto seus insights. Sou grato a vocês por me oferecerem ambos na jornada dos últimos dez anos.

Há um grupo de pessoas que me apoiou desde o primeiro dia como um cineasta de 24 anos e em minha jornada de 23 anos desde então. Ofereceu apoio financeiro quando eu mais precisei, conselhos duros quando era imperativo ouvi-los e um lugar para encontrar consolo quando eu não sabia a quem recorrer. Kristoph Lodge, Ersin Akarlilar, Ben Edwards, Santiago Dellepiane, Shoham Adizes, Dana e Danny Gabriel, Jonathan Price, Adam Somner, Carmen Ruiz de Huidobro e Ivan Saldana. Sua crença resoluta em mim tem me dado apoio diante de dúvidas e desafios em todas as suas manifestações, e sem isso nada do que eu imaginava teria sido possível. Obrigado por serem meu pilar.

A meus mentores Tom Sturgess, Donny e Jackie Epstein, Nathaniel D. R., Tamahau Rowe, Pekaira Rei e Ramses Erdtmann. Vocês emanaram luz, mesmo quando eu não queria olhar. Vocês expandiram minha compreensão do que é possível e como chegar lá. E, o mais importante, vocês me ensinaram lições valiosas e difíceis sobre o que significa ser um ser humano assumindo a responsabilidade de se oferecer totalmente para algo maior.

À nossa equipe editorial composta por Tony Ong (designer), Isabella Hardie (editora de produção), Melat Ermyas (estagiário) e Jen Worick (editora de aquisição), que tornaram este processo uma alegria absoluta. A Jill Saginario, a maravilhosa editora deste projeto, sua perspectiva resoluta tem sido a quilha desta jornada, movendo-nos constantemente em direção a nosso destino imaginado. A Ben Grenrock, seu comprometimento e seu talento em contribuir com as palavras deste livro e esclarecer a estrutura das ideias nele contidas são simplesmente inestimáveis. A Zander Blunt, obrigado por me pressionar em relação aos conceitos apresentados e às formas de comunicá-los. A Juan Jorge García Mendez, obrigado por me oferecer um espaço lindo e tranquilo para mergulhar profundamente em meu trabalho dos últimos dez anos e escrever este livro. E um agradecimento especial a Eric Raymen, meu advogado literário e guia experiente no mundo editorial.

A Sonya Renee Taylor, obrigada por suas lindas palavras no prefácio e por compartilhar comigo a história de sua vida nos últimos seis anos. Respeito não apenas seu caminho, como também, mais importante ainda, o amor e a fé com que você o percorre. Somos irmãos de alma, e valorizo cada vez que compartilhamos as anotações da trilha de nossas vidas.

A meus pais e irmãos, obrigado por serem quem são. Tria, Ichak, Nurit, Shoham, Atalia, Nimrod, Cnaan e Sapphire, vocês são o núcleo familiar que moldou a pessoa que sou hoje, e venho do espaço de intimidade que todos compartilhamos. À família de minha esposa no México, vocês me receberam com coração caloroso e uma generosidade gentil de que sou eternamente grato, e me sinto abençoado por fazer parte disso. Por fim e mais importante, a Icari, minha parceira de vida, você é a melhor coisa que já me aconteceu. Tudo floresce da graça de seu amor. Obrigado por me ensinar a experiência essencial da intimidade e praticar continuamente comigo a arte do amor. A meus dois filhos, Cosmos e Lylah Oceana, espero que um dia este livro os ajude a se aventurar em seus próprios trajetos de intimidade, amor e conexão.

PERGUNTAS ALTERNATIVAS

Pergunta 1: Dentre as lembranças que compartilhamos, quais são suas três favoritas e por que você as valoriza? (p. 96)
- ▶ Quando foi a primeira vez que você soube que eu te amava?
- ▶ Quando foi a primeira vez que você soube que me amava?
- ▶ Qual foi a coisa mais louca que fiz por nosso amor?
- ▶ O que você nunca teria feito se não fosse por mim?
- ▶ Se por algum motivo eu perdesse a memória, qual a primeira coisa que você me diria sobre nós dois?

Pergunta 2: Qual foi sua primeira impressão sobre mim e como ela mudou ao longo do tempo? (p. 106)
- ▶ Descreva como foi nosso primeiro encontro, mas de minha perspectiva.
- ▶ Se você pudesse voltar ao momento em que nos conhecemos, que conselho daria a si mesmo sobre se relacionar comigo?
- ▶ O que você acha que mais me lembro de nosso primeiro encontro e por quê?
- ▶ O que você acha que mais me moldou para estar pronto para esse relacionamento e por quê?

Pergunta 3: Quando você se sente mais perto de mim e por quê? (p. 116)
- O que você acha que nos conecta?
- O que você acredita ser único em nosso relacionamento?
- O que nos torna nós?
- Dos meus defeitos, qual é o seu favorito e por quê?
- O que eu faço que você ama e eu não sei?
- O que eu faço que faz você me amar mais?

Pergunta 4: O que você reluta em me perguntar e por quê? (p. 127)
- O que você acha que estou relutante em perguntar e por quê?
- O que você acha que estou relutante em lhe dizer e por quê?
- O que você está relutante em me perguntar e por quê?
- Qual de suas maiores preocupações você não compartilhou comigo antes?
- Sobre o que você acha que evitamos falar e por que acha que isso acontece?

Pergunta 5: Qual é o maior desafio que estamos enfrentando em nosso relacionamento atualmente e o que você acha que ele está nos ensinando? (p. 142)
- Onde você acredita que há espaço para crescimento em nosso relacionamento?

- O que, em sua opinião, eu posso fazer para melhorar nosso relacionamento e por quê?
- O que está faltando atualmente em nosso relacionamento e o que podemos fazer para mudar isso?
- Qual tem sido o maior desafio para nós dois como casal ultimamente e o que aprendemos um sobre o outro ao superá-lo?

Pergunta 6: Qual sacrifício você acredita ter feito e eu não reconheci, e por que acha que isso aconteceu? (p. 157)

- Qual foi o momento em que mais o decepcionei e como você se sente em relação a isso agora?
- Diga-me uma coisa que foi muito difícil para você e eu não percebi nem entendi.
- O que você acha que ainda não entendo sobre você e por que acha que isso acontece?
- O que você precisa de mim, e estou lhe dando isso?

Pergunta 7: Qual das minhas dores você gostaria de curar e por quê? (p. 169)

- Quando você mais se preocupa comigo e por quê?
- Qual é o erro que você me vê cometer repetidamente e por que acha que eu faço isso?
- Como eu poderia me curar da dor pela qual passei, estando com, e sem você?
- Qual experiência você gostaria que eu nunca tivesse tido e o que acha que isso me ensinou?

Pergunta 8: Por qual experiência você gostaria que nós nunca tivéssemos passado e por quê? (p. 182)

- Em sua opinião, qual foi a experiência que mais nos moldou e por quê?
- O que você acha que mais evitamos e o que podemos fazer a respeito?
- Quando foi a última vez que você pensou em terminar esse relacionamento e por que não o fez?
- Qual foi a nossa pior briga e o que isso ensinou a você sobre me amar?

Pergunta 9: O que você acredita estar aprendendo comigo? (p. 194)

- Como eu mudei você?
- Quando você mais me admira e eu não sei?
- Por que você acha que estou na sua vida?
- O que você aprendeu sobre mim este ano que faz com que me ame ainda mais?
- Que superpoder eu tenho e não sei?
- Qual foi o momento em que você me viu mais vulnerável e o que isso lhe ensinou sobre me amar?

Pergunta 10: Qual experiência você mal pode esperar para compartilharmos juntos e por quê? (p. 204)

- O que você vê para nós dois nos próximos cinco anos?
- Se você pudesse desejar algo para mim, o que seria e por quê?

▶ Se você pudesse nos conceder três desejos, quais seriam e por quê?

Pergunta 11: Se esta fosse nossa última conversa, o que você gostaria que eu jamais esquecesse? (p. 217)
▶ O que você acha que preciso ouvir e por quê?
▶ O que você acha que a vida está me ensinando agora e por quê?
▶ Para que você acha que a vida nos uniu?

Pergunta 12: Por que você me ama? (p. 231)
▶ Como é meu amor?
▶ Como eu te amo?
▶ O que você acha mais lindo em meu amor?
▶ O que você acha mais bonito em meu amor que talvez eu não saiba?

REFERÊNCIAS

Se você quiser assistir a momentos mencionados neste livro, leia o QR code e ele o guiará.

Introdução

RAFA & DOUGLAS
"Poliamor e amor monogâmico"

As ferramentas

CURTIS & JOHN
"Um filho
se confessa
para o pai"

SIDRA & BEN
"Um de nossos
momentos
mais difíceis"

SIDRA & BEN
"Compilado"

Pergunta 1: Dentre as lembranças que compartilhamos, quais são suas três favoritas e por que você as valoriza?

KAT & CHRISTINA
"Como a surdez afeta nossa família?"

Pergunta 2: Qual foi sua primeira impressão sobre mim e como ela mudou ao longo do tempo?

CAT & KEITH

"Uma transição importante"

"Como casais descobriram o amor juntos"

"O que você lembra de quando nos conhecemos?"

Pergunta 3: Quando você se sente mais perto de mim e por quê?

MADDI & MARTIN
"A dor em mim que você gostaria de curar"

Assista a um compilado de vídeos sobre essa pergunta

Pergunta 4: O que você reluta em me perguntar e por quê?

SIDRA & BEN
"Como um bebê pode mudar seu casamento"

IVO & KEVIN
"Equilibrando amor e ansiedade no casamento"

ANDREW & JERROLD
"Casamento gay e minha família religiosa"

Assista a um compilado de vídeos sobre essa pergunta

Pergunta 5: Qual é o maior desafio que estamos enfrentando em nosso relacionamento atualmente e o que você acha que ele está nos ensinando?

GABRIELLE & LUNA
"Amigas tentando confessar seus sentimentos românticos"

Assista a um compilado de vídeos sobre essa pergunta

Pergunta 6: Qual sacrifício você acredita ter feito e eu não reconheci, e por que acha que isso aconteceu?

KAT & CHRISTINA
"Como a surdez afeta nossa família?"

IVO & KEVIN
"Equilibrando amor e ansiedade no casamento"

Assista a um compilado de vídeos sobre essa pergunta

Pergunta 7: Qual das minhas dores você gostaria de curar e por quê?

MADDI & MARTIN
"A dor que você gostaria que eu curasse"

LYNNEA & ELIZA
"Eu NÃO vou responder a essa pergunta"

ANDREW & JERROLD
"Casamento gay e minha família religiosa"

Pergunta 8: Por qual experiência você gostaria que nós nunca tivéssemos passado e por quê?

SIDRA & BEN
"Como se apaixonar outra vez"

MARCELA & ROCK
"O casal mais honesto da face da Terra"

Pergunta 9: O que você acredita estar aprendendo comigo?

ANDREW & JERROLD
"Casamento gay e minha família religiosa"

ANDREW & JERROLD
"Casamento gay e minha família religiosa" (continuação)

Pergunta 10: Qual experiência você mal pode esperar para compartilharmos juntos e por quê?

IKERANDA & JOSETTE
"Construindo uma família mista como um casal do mesmo sexo"

KEISHA & ANDREW
"Quero cuidar de você"

KEISHA & ANDREW
"Você enfrentaria os racistas de sua família?"

Pergunta 11: Se esta fosse nossa última conversa, o que você gostaria que eu jamais esquecesse?

KELLY & VIRGIE
"Se eu deixasse a Terra amanhã"

Assista a um compilado de vídeos sobre essa pergunta

Pergunta 12: Por que você me ama?

MARCELA & ROCK
"O casal mais honesto da face da Terra"

RAFA & DOUGLAS
"Poliamor e amor monogâmico"

Assista a um compilado de vídeos sobre essa pergunta

Este livro foi impresso pela Lisgráfica, em 2024, para a Harlequin.
O papel do miolo é pólen natural 70 g/m², e o da capa é cartão 250 g/m².